买锐华 著

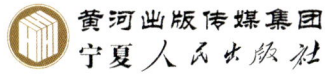
黄河出版传媒集团
宁夏人民出版社

图书在版编目（ＣＩＰ）数据

长风诗雨 / 买锐华著 . -- 银川：宁夏人民出版社，2023.12
ISBN 978-7-227-07888-3

Ⅰ．①长… Ⅱ．①买… Ⅲ．①诗集-中国-当代 Ⅳ．① I227

中国国家版本馆 CIP 数据核字（2024）第 020159 号

长风诗雨
CHANG FENG SHI YU

买锐华　著

责任编辑	师传岩　赵　亮
责任校对	闫金萍
封面设计	王佳辉
责任印制	侯　俊

 黄河出版传媒集团 宁夏人民出版社 出版发行

出 版 人　薛文斌
地　　址　宁夏银川市北京东路 139 号出版大厦（750001）
网　　址　http://www.yrpubm.com
网上书店　http://www.hh-book.com
电子信箱　nxrmcbs@126.com
邮购电话　0951-5052104　5052106
经　　销　全国新华书店
印刷装订　宁夏银川轻工印刷包装厂
印刷委托书号　（宁）0028577

开本　787 mm × 1092 mm　1/16
印张　19.25
字数　100 千字
版次　2023 年 12 月第 1 版
印次　2023 年 12 月第 1 次印刷
书号　ISBN 978-7-227-07888-3
定价　88.00 元

版权所有　侵权必究

贺兰山下的写诗人

黎 晶

贺兰山上有岩画，它传颂了五千年前古老民族的繁衍，刀刻出先人的文化灿烂，强烈托出一首黄河流域的壮丽诗篇。贺兰山下有诗人，他们诵读岳飞的《满江红》，踏破贺兰山缺，走到了公元二〇二三年，岩画符号活跃起来，诗文为沧桑岩刻的骨架充添了血与肉，贺兰山下，宁夏川里，一下子便丰满了起来。

灵武的彤赤贡枣携黄河滩上的鲜红枸杞，簇拥着一位叫买锐华的回族汉子向我走来。我曾赞美他的族人：一顶洁白的帽子，一缕银色的胡须，天上个哟飞来个哟黄黄的雨，抹红了圆圆的长河落日……我俩成为了朋友。

天缘必合，我也是个民族干部，满族正黄旗，姓瓜尔佳，沾上点皇族气儿，可能和这有点缘由吧。时任宁夏灵武市委常委、常务副市长的买锐华到北京市挂职，分配到门头沟区委任书记助理，使我俩相识相交相知，朝夕相处而成了好朋友。我们有相近的经历，我曾在东北，他在西北，一个东北文化的坦荡率真，好客实诚，一个颇有点彪悍性情的文化浇灌，让我们具备了诗人内心深处的所有爆发点，文学的爱好加深了我们的友谊。

我曾多次去银川看望这位小我十岁的兄弟，关注他的政治生活，更加注意他的文化倾向和领域拓展，我很高兴看到他写诗了，一首两首……一发不可收拾，并出版发行了诗集和歌曲。诗言志，买锐华退休后的诗句更富有生活的味道，他把人生的感悟浸润在字里行间，去抒发他的大爱。

春色眷顾桃芬芳，

羞得野杏无处藏。

丹颊最惧乱雨洗，

残留香痕泪满裳。

诗人内心世界对春之认识，一个羞得，一个乱雨洗，让全篇活了起来。买锐华的心活起来，他整个精神焕发起来，他笔下的万物生动起来……好一个贺兰山下的写诗人！

买锐华的又一部诗集就要出版了，写几句心里话以表达我的祝贺与祝福吧！

我再用书法抄录两首他的诗，渲染些墨香，愿买锐华再获丰收。

作者系北京市文联七届驻会副主席，北京市门头沟区委原副书记，黑龙江省五大连池市委原书记。中国作家协会会员，中国音乐家协会会员，中国书法家协会理事。

心 声
——写在买锐华先生《长风诗雨》前的话

刘振海

拿到锐华的《长风诗雨》,我一口气将其读完。放下诗稿,初时原本打算写一些想说的话,继之又有些犹豫了。因为觉得诗是诗人心声的流露,其内容十分丰富,就凭这样匆匆一过,要去比较准确地把握其丰富内容显然是不可能的,我得细细去体味。那么,如今所得是不是较准确呢?我不敢肯定,不过是个人的感受罢了,说出来倘有不妥之处,敬请方家指正。

首先,我感到锐华的诗,较好地解决了新体诗和旧体诗之间的扬弃问题。关于诗,《尚书·舜典》云:"诗言志,歌永言。"唐《毛诗正义》曰:"诗者,志之所之也,在心为志,发言为诗。"南宋严羽《沧浪诗话》又云:"诗者,吟咏情性也。"唐白居易《与元九思书》中更曰:"诗者,根情,苗言,华声实义。"清袁枚在《随园诗话》中解释道:"其言动心,其色夺目,其味适口,其音悦耳,便是佳诗。"这些说明,诗的功能和作用在于言志、言情、言人、言事,甚至言物、言景，是诗人心声情感的表现，古今概莫能外。其表现形式，按大致的递变过程，则可分为旧体诗、新体诗两大种类。

旧体诗在不同的历史时期，又表现为原始社会的歌谣，主要是二言诗。两汉及魏晋南北朝采集到的民歌，到诗人仿写的诗，称为乐府诗。从《诗经》《楚辞》到而今仍存在不受格律限制，每首的句数少者二、三、四句，多者可达百余句，每句的字数也可多可少，一般按诗句的字数可分为四言、五言、七言和歌的古风体。始出现在南北朝，完成于唐初而盛于唐的格律诗。唐以后形成，盛于宋的长短句——词，盛于元、明的散曲、小令，以及古代的民歌、民谣等。

中国的诗歌，发展到1920年的《尝试集》和1921年的《女神》的诞生到现在，新诗已经走过了百来年的历程。新诗在于旧体诗的扬弃中所产生，从内容上可分为抒情诗、叙事诗、科学诗、儿童诗等；从形式上，可以分为新格律诗、自由体、梯形体、散文诗、小令体和十四行诗等。

我们回顾中国古体诗、新诗的发展历程的目的，不在于谈诗，而在于说明锐华在《长风诗雨》中所表现出扬弃等方面的成就。《长风诗雨》中共收集了373首诗，除了《礼赞建党节》和《思父》《思母》等少数几首歌颂伟大的中国共产党，为追思父母的风范、寄托儿女的哀思的需要而使用了七言新古风体诗外，其余的几乎全为新格律体诗。这种诗体对旧格律诗革新后，虽仍继承了旧格律诗四言、五言或七言的句式，或四句、八句的句数，但不再有格律诗"平仄"对仗等要求与限制，只是隔行押韵而已，摆脱了旧格律诗"体裁束缚思想，又不易学"等弊端，能较自由地表情达意，是格律诗继承、借鉴、批判、创新的结果，以"旧瓶装新酒"，为实现诗体形式的民族化、大众化别开生面。

承上所言,《长风诗雨》中的真情流露应包括两个方面:一方面是对党、祖国、父母的深厚情意,另一方面是乡愁、乡情的真挚情意。我们说,对每个人来说,爱祖国、爱家乡是爱国主义的统一论者,换句话说,就是爱祖国,必然爱家乡,这就是《长风诗雨》中表现出的主要方面之一。锐华自称是银川人固然没错,这是相对于大环境而言的。银川市包括三区一市两县,这"一市"就是灵武市。也就是说,具体到小环境来说,锐华又是灵武人,其生于斯长于斯。由灵武从政后至副市长,后又调任银川市旅游局局长、财政局局长等。因此,在他的故乡情的流露中,除《祥瑞凤城》《湖城冬月》《阅海冬韵》等对今居银川的盛赞外,也有《西湖美(灵州)》《老家新叹》《夏日枣博园》等对生养之地灵武故乡的深情赞誉。灵武是塞上古来有名的"花果之乡"。诗人即便在追思父母亲情时,也情不自禁地流露出对灵武水果中著名的两大品牌,即灵武长枣和产于诗人故乡的灵武东塔镇黎明村的马奶葡萄赞誉的真情实感。

其次是形象化的比拟,具体可感地、生动传神地、形象生动地表达出诗的主体思想,加深诗的意境的感染。其又由拟人和物化两方面组成。拟人,就是拟物为人形象化的写法。这在《长风诗雨》中比比皆是,如《咏梅》云:"最喜白雪倾国色,格高品香笑东风。"《咏兰》曰:"幽香无语真君子,高风有意抱贞心。"《咏竹》为:"虚心亮节怀铮骨,岁寒三友当精英。"物化,就是拟物,是比人为物形象化的写法,如《贺冬奥》(冰雪健儿):"虎啸喝彩创佳绩,春风得意圆梦归。"《追念母亲大人》:"慈母懿德似君兰,贞洁高雅有亲缘。"《礼赞儿童节》(展望儿童未来):"今日雏羽渐丰满,未来振翅远翱翔。"还有《高考闲吟》中："笃学十载苦弦绷，丰羽硬翅待劲风。"等等。

富于色彩性的语言和多感性手法的运用，具有升华性的精神作用。诗人的诗作，运用丰富的色彩，调动读者两种以上的感官，加强形象的感染力，以升华诗的意境。例如古风体《礼赞建党节》："红船启航搏风浪，披荆斩棘树帜向。革命火种势燎原，中流砥柱使命当。矢志不渝砸锁链，四海翻腾五岳荡。敢为人先勇探索，开天辟地启新章。铁斧银镰旗帜扬，工农联合斗志昂。"这一节中，"红船""树帜""燎原"等，都为红色，一般用来表示革命运动，是从视觉来写的。"中流砥柱"是用典，用三门峡的砥柱山比喻革命者英勇坚强，以坚毅的精神和勇气起到支柱作用。砥柱山是坚硬的石质，是从触觉的角度来写的。而"铁斧""银镰"是党徽的标志，也是从视觉、触觉的角度来写的。至于"红船精神永不朽，勇立潮头生命旺。峥嵘岁月不褪色，颂歌高唱献给党。"一节中，"精神永不朽""勇立潮头""峥嵘岁月"，都是调动视觉和触觉看到的不同颜色，或用心体会、感觉到不同形象的抽象概括来写的。而"颂歌高唱"是从听觉角度来写的。以上用鲜明的色彩和动感的形象，层层深入，使诗的意境由具体的革命行动，逐步升华到取得丰功伟业的今天，得到人民大众无限的尊崇和热爱，卒章显志。还如《紫荆花》："五星红旗高高扬，映照紫荆溢芬芳。经风历雨廿五载，永驻港湾放光芒。"其中用"五星"黄色、"红旗"红色、"紫荆"紫色、"雨"白色或银色，调动起视觉看到，味觉（芬芳）闻到，"经风历雨"触觉感到，来写香港回归二十五年，升华实现振兴中华中国梦的伟大成就和深远意义等。诸如此类的艺术手法的运用，在《长风诗雨》中随处皆见，不胜枚举。

至于诗的语言的音乐性，主要表现为炼词炼意，寻求音韵与节奏的谐和，能给人一种音乐美，虽说是诗的一般性特征，但锐华在《长风诗雨》中毕竟有他的独到之处，还是让我们通过阅读选例来结束此篇短文吧！

《咏柳》："垂柳依春晓，嫩黄懒姿摇。新丝更喜雨，搅眠鸟啼闹。"《塞上夏日壮景》："长河曲流白如练，秧田平镜水云间。空山斜照醉红霞，湖光暮色收渔晚。"诸如此等甚多，恕不一一而足。

作者系宁夏作家协会会员，灵武市作协副主席，灵武市原综合治理办公室主任。

奋力在诗歌的溪流中穿行
——品读买锐华诗集《长风诗雨》有感

段怀君

买锐华先生20世纪60年代生于西北一隅灵武古城东郊一个叫塔湾子旁的农民家庭，身躯里流淌着朴实、本分、善良、勤劳的农民血液，传承了纯朴的本性。自幼食用着东山坡下黄土地生长的五谷杂粮，喝着古老秦渠的水，从幼儿到少年，在农村成长的过程中，骨子里养成了质朴坚韧的性格，并在心底里固守着一片净土。

在不断的努力进取中，由农村进入了城市，历经几十年的从政岁月，已迈入花甲之年。从政了几十年，就其"饭碗"正业外，特别喜爱文学艺术及诗歌研习，也就是"饭碗"正业外的"诗歌"副业。也许这是此生此君最钟情的爱好。

灵武城文星荟萃，人杰地灵，锐华先生既是一名公务人员，也是一位在文坛上很有影响力、才华横溢的诗人，在灵武乃至宁夏的诗坛上享有一定声誉。

抒情言志，是诗人的精神世界和心灵袒露，前面所说的他是农民的孩子，自身具有一种纯朴的本性，故而阅读他的诗篇，便可清楚地看到他的诗歌既无娇媚做作之姿，更无虚渺喧嚣之气，迎面而来的是清新厚朴气息。即便是他书写花卉及琴棋书画等题材的诗歌时，也清晰通透，淳朴大方，率真自然，极富沉稳雄健的元素，有着明朗的人生思索和艺术把握，给人的感觉毫无艰涩繁复的现象及弊病。

岁月如梭，几十年里在繁忙的工作之余，难能可贵的是，他在不停地学习、思考，汲取知识、积淀知识，笔耕不辍，奋力撑篙划桨，在诗歌的溪流中奋力穿行。十几年中，已有两本诗集出版，并有多篇诗歌散见一些报刊书籍，实属不易。

2006年6月第一本《买锐华诗画集》出版，书中收录了73首诗歌。2013年11月，第二本《长风行吟》出版问世，书中收录了诗歌散文177篇。就其数量上讲，可谓成果颇丰，就诗质量评价，可谓诗质上乘。

这两本诗集先后出版，曾在他的家乡灵武及宁夏引起了很大的轰动，文友、亲朋、同事闻讯后相互传阅，得到了众多文友及读者的好评和肯定。

中国著名军旅作家李人毅先生于2006年曾撰文《自有蜡梅敢弄寒》，高度评价和肯定了锐华先生的文采及诗歌的水平质量。他在文章中是这样说的："买锐华先生几十年虽不在文坛，却以一个文化人的心态和对社会的责任感去解读故乡的人文地理，用诗歌形式把自己对这块土地的感觉、感知和感悟，思考、憧憬和对生活的体会记录下来，实乃是诗林幸事，他的诗是饱蘸情感笔墨的有感而发，使人看到了一种积极向上、锐意进取的精神境地和审美追求。"宁夏著名作家季栋梁先生在2013年也曾撰文《生活的歌者》，文章中也高度评价了买锐华先生的诗歌，他是这样说的："锐华在繁忙的工作之余，挤出时间用文字记录下自己的工作生活，对于社会、对于这片土地真切的挚爱、赞美和感悟，传达出了对工作对生活积极向上的态度，在阳刚中透出婉约的情愫，在自由中享受着人生的惬意和放飞一颗心，尽情驰骋于形象天地中，更陶醉于无尽的诗情画意里，种种佳句之得不仅仅是锐华先生的幸事，也是塞上文坛之大幸。"

宁夏作家协会两位年过七旬的老作家刘振海、王璞云先生品读诗集后，也将褒扬之词书于纸笺。振海先生说："灵武城藏龙卧虎、地灵人杰，锐华才思敏捷，思维清晰，写出的诗歌激情真挚，大气阳刚，表达了质朴真实的情感。他的诗歌是睿智才情的自然流淌。"璞云先生阅读诗集后曾撰书一副对联赞誉："灵州文林如黛，锐华诗歌胜锦。"可喜的是，厚积薄发的锐华先生的第三本诗集《长风诗雨》又即将付梓出版，诗集将收录他近年创作的373首诗歌，其数量超过前两本诗集数量的总和，可谓多产厚重、令人惊叹，这真是笔耕不辍、潜心创作、锐意进取的心血结晶。

时至酷暑，锐华先生将书稿送至我宅，意邀评鉴，翻阅书稿，拍案感叹，用三个字概括：不容易！

"文章千古事，得失寸心知。"作为喜欢文学的同道，深深知道"爬格子"是一件耗费心力、熬油费神的苦差，没有坚忍的毅力，没有对文学艺术的忠贞和崇尚，没有心灵的归属感，没有人生独特的感受力，没有一种对文学艺术刻骨铭心的真爱和痴情，是写不出好作品的。可以这样说，锐华先生精心创作的这373首诗歌是他心灵中的"星辰大海"的笔墨聚焦；是经过缜密观察及深邃思考、苦心耕耘的劳动结晶，是生命感受、心灵火花。

锐华先生的写作方式多用七绝、七律，有意无意中还似乎沿袭了多年书写公文的表述方式。季栋梁先生认为："锐华的诗歌在阳刚中透出婉约的情愫。"实实在在地说，七律、七绝的诗句，每句由七字组成，看似简单，其实不然，每句必须有其韵、其意。锐华先生经多年研习，已非常熟练地驾驭了七律、七绝的写作技巧，大道至简、直接通透、言简意赅，没有用隐喻或炫耀的技法书写诗歌，诗歌让人品读时感到朴素平凡、舒畅自然，直接展拓地抒发事与物、情与思，阐明着正能量和自身的精神之密。联想到现在文坛书坛上出现的一些怪现象，令人觉得反差是天地之别。

现在一些"诗人"的所谓"佳作"生涩畸形、低俗迷离、无病呻吟、云山雾罩，让人不知所措，弄不清楚作者的创作意图，吟咏的是什么，其意是歌颂或鞭挞什么。再者还有书坛也出现了更为离奇荒诞的现象，有一些所谓"阳春白雪"的"书法家"把一些丑字怪字来了个横空出世，一些书法作品不是如东倒西歪的醉汉子一般，便是将干柴乱草组合堆砌，给人的直观感受是丑陋不堪。恐怕书圣王羲之先生如重生也会惊诧不已，成为摸不着头脑的丈八金刚了。确实，爱美之心，人皆有之，让人赏析的好东西首先应具有一种美感。买锐华先生《长风诗雨》诗集中收录的373首诗歌，细心鉴赏品读，确实是视野开阔，无论是写人生、写景与境，都是通俗易懂的。而且具有很强的柔和性，笔触直接从容，率真自然，很多诗从立意、撷取、写作技巧都是方正健康的，是细密沉稳、严谨庄重新颖的。从《礼赞建党节》《紫荆花》《东方之珠》《贺两会》《贺冬奥》《归田闲居》《高考闲吟》这些诗歌，我们能看到买锐华先生在撰写时，首先从构思这个角度把控得非常精准，词句推敲上既有思维的灵性，还将诗的言志表达精准且清晰，通俗易懂，落落大方，婉约阳刚，排列修辞合理通畅，传递着诗的力量与胸襟，形成了给人以夺眼球的一种冲击波。这与作者多年的学识修养锤炼有着不可分割的关系。小中见大，近中看远，恣意挥洒，宣泄情感也是《长风诗雨》诗集的又一显著特点。再者，这本诗集中作者的创作态度是非常端正的，写作技巧也是成功的。

尤其要说的是《长风诗雨》这第三本诗集，在前两集的基础上有了新的突破，作者在撰写这373首诗歌时，更加放飞了自己的思绪，任思绪如同骏马般在诗歌创作的原野上自由驰骋，创作的才思更加敏锐和饱满。以诗言志、以物喻情、以境怡思，充分袒露展示着内心世界。《长风诗雨》中的一些诗歌让读者似乎能直接触摸到作者灵魂的骨骼，窥探到作者心底最深最柔软的角落。甚至能直接看到作者深情回望的泪痕及听到肺腑痛楚时发出的呻吟。

锐华先生在《思父》这首怀念勤劳质朴的老父亲的诗中，他从一棵根深叶茂的灵武古老传统水果马奶子葡萄引入，刻画出父亲的勤劳，蕴含了自己的哀思，诗中虽无过于悲楚的语言，但是能让读者看到作者泪痕的存现。《思母》这首诗是悼念母亲的，精心刻画出了母亲的慈祥善良勤劳的身影。锐华先生怀念父辈的诗篇在第一集、第二集都曾出现过，品读这些诗篇时，能令读者自然地产生一种深深的共鸣和触动。每当品鉴这一类题材的诗时，也会从肺腑深处发出感叹，让人黯然神伤，不由自主地长呼出一口气，发出一声叹息。是的，现在的时代，人们生活水平普遍提高了，各种物质条件得到了充分改善，而老一辈的父母却因辛勤积劳成疾，过早地离去了，每当追忆过去他们生活的岁月点滴，怎不让人扼腕叹息？

自然的法则太无情，太阳东升西坠，月亮昼隐夜澄，渐行渐远的背影是永远离去，人世间最大的伤感和悲哀莫过于别离，追忆往事总令人泪落千滴，千千万万做儿女的心头萦绕的是愧恨。"子欲养而亲不待"，这是人间的真实写照和做儿女迟到的感悟。

在《长风诗雨》诗集的诗稿中，我还看到了锐华先生追忆儿时童趣的一些片段所写成的诗篇。由此想到曾和锐华先生一次闲聊情节，闲聊的话题便是小时候的一些经历。在70年代前灵武曾流传着两句俗语："偷青货（水果）的贼不算贼，逮住了打两捶。"灵武自古是一个水果之乡，过去的灵武古城东城墙、北城墙外全是果园，盛产长把梨、软儿梨、冬梨、秋子、海棠、兰州杏子、口外杏子、紫梭子葡萄、马奶子葡萄、沙果子、长短红枣、玉皇李子等传统水果，那时没有电视这些娱乐工具，因此学生放学后便玩起了藏蒙蒙、弹珠子、拍三角、打毛球、骑驴、砍牢、摸鱼耍水、野地烤玉米、烧豆子等游戏，最多的是偷青货。到园子旁翻过低矮的围墙揪杏子，揪下来后装进把衣服塞进裤带里形成的"腰包"，翻过土围墙边吃边回家。一旦被看园子的老汉逮住了的话，也无关紧要，最大的惩罚无非是踢一脚拍上两巴掌便罢了。那时水果多，也不值钱，果农在街上把水果估堆卖，一两毛或几分钱便可买一堆。说起这些儿时经历的事情，灵武城上了60岁年龄的人基本都经历过。

买锐华先生以率真的心态追忆了儿童时代所经历的一些趣事，将这些幼时的生活点滴融入了写作里。这些关于童趣的诗相信会让很多上了年纪的读者产生同频共振的意念，特别是灵武故乡一些老友在品读这些关于童趣的诗篇时，会情不自禁、无拘无束、轻松惬意地朗声大笑。

一篇接一篇诗歌的雕琢，一集接一集诗集的出版，印证了锐华先生苦心写作的坚毅历程，也显现了作者的聪明才智。在多年的岁月中，他一次次用敏锐的目光捕捉着诗的灵感，从大树的躯干读出岁月的沧桑，在潺潺流淌的水渠、盛开的荷花塘边倾听出音乐的优美旋律，在繁杂的工作和平淡的生活中品味着酸甜苦辣的滋味，可以说阅览锐华先生的诗篇，得出的结论是：来自于生活高于生活，来自于自然变为而然。这些诗篇的思想水准是方正健康的，是贴近生活和自然，看清来路，不忘本心，从胸腔深处发出的清澈且响亮的声音。

南朝著名学者谢灵运先生在《山居赋》中曾这样说过："诗以言志，赋以敷陈，箴铭诔颂，咸各有论。"诗是文字语言的浓缩精华，更是人生感悟、境遇抒发的论述，诗歌不仅高度涵盖着作者的智慧与文笔，同时还具有一种让作者与读者产生同频共振的号召力。好诗确如珍藏年代久远的老酒，开瓶即有醇厚浓郁馨香的味道扑鼻而来；更如品茗之悦，一杯清明时节采摘的嫩茶叶沏泡好后饮用时，有回甘和余香，会让人香通七窍，有神清气爽之感。

品读好书时，这种感觉是相同的。确如含饴品茗，在此过程中，不仅能分享和体会作者的心境和精气神，同时也能让读者在人生旅途中、修身养性里加深自己的爱国爱家情愫。"开卷有益"，这句话是有一定道理的。"腹有诗书气自华"，品读好书会让人得到一种温暖，甚至会有一种和自远方来久违的好友相聚的感觉，愉悦浓情会融入心身。

读好书会使人心灵升华、心情舒缓、自我完善、自我雕琢，增加精神营养，还有一个重要的作用是会和作者感同身受。读好书可以达到内外兼修，在喧嚣的世俗中亦神游场外的境地。

《长风诗雨》诗集即将出版问世，实属诗林之幸事，是作者人生智慧、感悟的展示，是作者才华的展示和心血结晶，昭示了笔耕不辍、读书思考、潜心创作的艰难历程，这也是锐华先生可贵的生命珍藏。

相信诗集出版后,锐华先生会沉浸在散发油墨清香的氛围里快乐地微笑。

我和他的很多友人、同事的心态是相同的,期待着这本厚重的诗集早日问世。

壬寅岁小暑,不揣浅陋,草就以上文字,权为品读诗稿的读后感吧。愿锐华先生奋力于诗歌的溪流中穿行,平静愉悦徜徉在诗歌的细雨轻风里。

作者系宁夏作家协会会员,灵武市作协理事,灵武园艺试验场原党委书记、场长。

第一辑　四季如歌

003	春（一）	019	湖城大美
004	春（二）	020	夏日暑热
005	春满人间	021	夏日阅海居
005	壶口解封	022	夏日枣博园
006	冬至春归	023	五一西湖游
006	春　雪	024	五月塞上风光
007	春雪凤城	025	鸣翠湖雨钓
008	春　柳	025	夏夜雷雨
009	阳春闲吟	026	暑雨塞上
010	春　水	026	夏　夜
011	春　雨	027	游园丽人行
011	春　好	028	湖城六月
012	湖城四月	029	塞上夏日壮景
013	雨后春景	030	夏日六月
013	春　色	031	盛夏荷塘
014	暮　春	032	夏夜小院
014	春　旱	033	塞上六月
015	惜　春	034	初秋诗吟
016	春　末	034	秋之感
017	立　夏	035	灵州秋景
017	塞上初夏	035	秋实美景
018	初　夏	036	荷花秋吟

— 001 —

036	晒　秋	053	水墨湖城
037	乡野秋色	053	暮　秋
038	秋之韵	054	凤城秋色
040	秋雨（一）	054	秋湖寒露
040	秋雨（二）	055	雾漫湖城
041	秋雨（三）	055	霜秋夜寒
042	秋色醉人	056	冰　裂
043	望　秋	057	阅海冬韵
044	金秋壮景	058	初冬盼飞雪
044	秋菊鸥影	058	冬　蕴
045	秋老虎	059	六盘山冬韵
046	塞上秋色	060	贺兰山冬景
047	小院初秋	062	冬日暖阳
047	客栈晚照	062	天地人间
048	寒山秋色	063	湖城冬月
049	秋色浪漫	064	雪景宁夏
050	秋　忆	065	北塔湖寒景
050	深　秋	065	冬　灌
051	秋日阅海湾	066	静待冬雪
051	秋月湖城	066	寒消九尽
052	南华山秋景		

第二辑　静守流年

069	立　春	074	夏　至
070	雨　水	075	小　暑
070	惊　蛰	075	大　暑
071	春　分	076	立　秋
071	清　明	077	处　暑
072	谷　雨	077	白　露
072	立　夏	078	秋　分
073	小　满	079	寒　露
073	芒　种	079	霜　降

080	立　冬	083	冬　至
081	小　雪	084	小　寒
082	大　雪	084	大　寒

第三辑　历尽千帆

087	腊八感怀	106	无题（二）
088	除夜感怀	107	老家新叹
088	天山牧歌	108	睹柜思母
089	春　日	108	人生淡定
090	春　愁	109	河边闲吟
090	春　水	109	人生闲吟
091	春　怨	110	人生感悟
091	春　静	110	人生如太极
092	秋　感	111	农　妇
092	秋日闲吟	112	闲吟人生
093	闲吟湖畔	112	落　果
093	胡杨赞	113	回看旧照片有感
094	暮秋赋闲	113	旅游日
094	惜　秋	114	冷雨凄风
095	农家秋聚	115	闲吟中高考
095	秋雨残红	115	高考闲吟
096	晚　秋	116	凤城中秋夜
096	秋　梦	116	思友人
097	秋日感怀	117	疏雨愁云
097	感悟人生	118	黄昏车流
098	海之婚纱照	118	明月寄思愁
099	退休感怀	119	早茶闲趣
099	老年感怀	120	咏　牛
100	归田闲居	120	晚雨野蟋
102	思　父	121	晨练赏荷
103	思母——母亲节思母	121	雨后燕语
106	无题（一）	122	老牛躬耕

第四辑　万物生辉

125　三角梅	145　紫叶李
125　咏　菊	146　桃　花
126　咏梅（一）	147　霜桑叶
127　咏梅（二）	147　霜　菊
128　咏梅（三）	148　赏　菊
129　紫玉兰	148　秋之菊
129　黑心金光菊	149　槐花泪
130　咏　兰	150　荷花（一）
131　玫瑰花	150　荷花（二）
131　杜鹃花	151　咏荷花
132　梨　花	152　鼠尾草
132　水仙花	152　凌霄花
133　向日葵	153　海棠（一）
134　芍　药	153　海棠（二）
134　月季花	153　咏海棠
135　紫花槐	154　椰子树
135　秋英（波斯菊）	154　旅人蕉（扇芭蕉）
136　蒲公英	155　美人蕉
137　桂　花	155　棕榈树
137　菊　芋	156　芦　苇
138　非洲茉莉	156　红　枫
138　酒瓶兰	157　咏　竹
139　忍冬（金银花）	158　咏　松
139　碧　桃	159　枣　树
140　白玉兰	159　翠　苇
141　萱　草	160　冬青卫矛
141　沙枣花	161　白蜡树
142　杏　花	161　胡杨树
143　牡丹花	162　银杏树
143　格桑花	163　咏　柳
144　凤仙花（指甲花）	164　寒　鸥
144　茶　花	164　冬日青雀

— 004 —

165	蜻　蜓		173	青　蛙
165	鹅		174	鲤　鱼
166	蜜　蜂		174	水墨虾
166	蝴　蝶		175	骆　驼
167	春　鸭		175	山　羊
168	鸭		176	辣　椒
169	夜　蝉		176	茄　子
169	鸽　子		177	韭　菜
170	咏　燕		177	西红柿
170	咏　雁		178	西　瓜
171	寒　鹊		178	葫　芦
171	寒　雀		179	黄　瓜
172	雄　鸡		179	豆　角
172	骏　马		180	樱　桃
173	奔　牛		180	葡　萄

第五辑　山河锦绣

183	花开湖城		195	三亚湾景观
184	荷塘雨景		195	海湾夕照
184	雨后枣园		196	天涯海角
185	凤城夕照		197	苍洱绝美
186	祥瑞凤城		197	赞腾冲和顺古镇陷河美
187	西湖美		198	赞大理古城之喜洲古镇
188	又观西湖		199	赞大理古城之双廊古镇
189	鸣翠湖荷韵		200	昆明老街
190	镇河塔		200	滇池大美
191	三亚南山游		201	游览腾冲和顺古镇有感
191	三亚湾闲吟		202	观武汉江滩风景随笔
192	三亚咏唱		204	东湖秋韵
193	三亚水果园		205	东湖览胜
194	大东湾		205	望江城
194	南天一柱		206	登黄鹤楼

第六辑　岁月留香

- 209　除夕（一）
- 209　除夕（二）
- 210　除夕（三）
- 211　除夕（四）
- 211　除夕（五）
- 212　除夕（六）
- 212　除夕（七）
- 213　春节（一）
- 214　春节（二）
- 215　春节（三）
- 215　春节（四）
- 216　春节（五）
- 216　春节（六）
- 217　春节（七）
- 218　玉兔呈祥
- 219　元宵节（一）
- 219　元宵节（二）
- 220　端午节
- 220　七夕节
- 221　明月天地共
- 221　中秋节
- 222　中秋月圆
- 222　重阳节

第七辑　盛世赞歌

- 225　礼赞三八节
- 226　赞美劳动节
- 227　赞美青年节
- 228　礼赞儿童节
- 229　礼赞建党节
- 230　礼赞建军节
- 232　礼赞教师节
- 232　喜上加喜
- 233　贺冬奥
- 234　冬奥之约
- 234　冬奥赞
- 235　《诗经》赞
- 235　《楚辞》赞
- 236　汉赋赞
- 236　唐诗赞
- 237　宋词赞
- 237　元曲赞
- 238　东方之珠——庆祝香港回归二十五周年
- 238　赞解放军军演
- 239　七七事变祭
- 240　紫荆花
- 240　粤港澳大湾区
- 241　贺两会
- 242　礼赞黄河生态
- 243　中国之诺
- 243　香江梦圆
- 244　礼赞二十大
- 244　题《千里江山图》

第八辑　且看云起

- 247　雾
- 248　雷雨
- 248　雷
- 249　霜
- 249　雨
- 250　风
- 250　三伏天
- 251　云
- 251　山洪
- 252　雪

第九辑　国粹流芳

- 255　剪纸
- 255　刺绣
- 256　弦琴
- 256　书韵
- 257　京剧
- 258　围棋
- 259　中医
- 260　风筝
- 260　清茶
- 261　武术
- 262　绘画
- 263　瓷器
- 264　白族扎染

第十辑　时光清浅

- 267　儿童
- 267　夏日童趣（一）
- 268　夏日童趣（二）
- 269　夏日童趣（三）
- 269　夏日童趣（四）
- 270　秋悟
- 270　秋彩诗意
- 271　赠振海老师
- 271　赠玉田老师
- 273　赠友人怀君
- 273　赠寅强老师
- 274　赠福春教授

276　后记

○

第一辑

四季如歌

春（一）

霜兰含露诗情生，

寒梅吐艳画意浓。

落笔点缀塞北雪，

泼墨妙绘江南春。

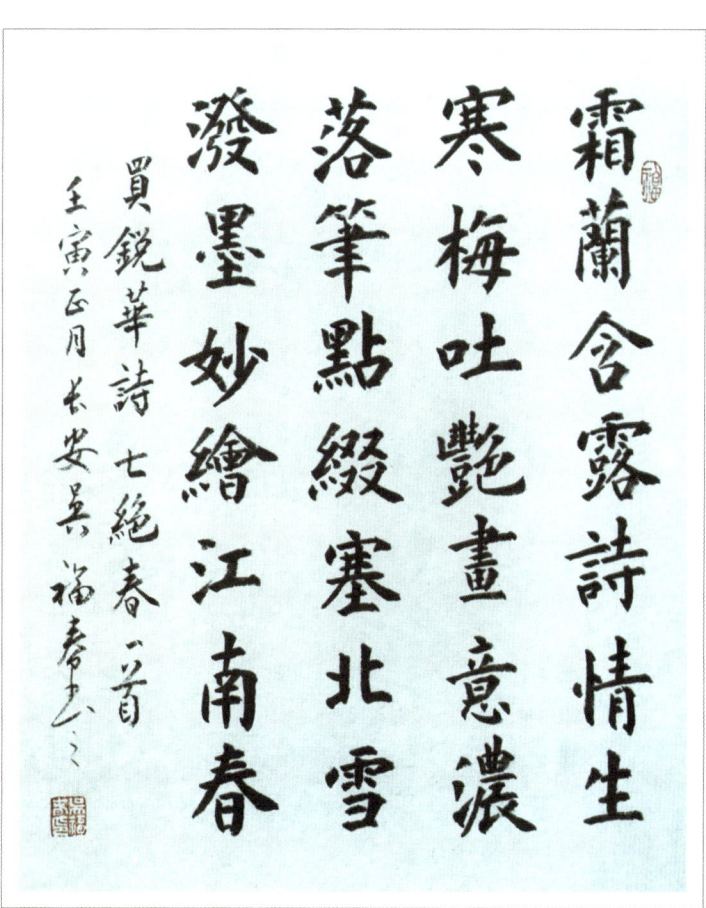

春（二）

三山雪练龙腾空，

五岳松涛虎啸风。

大江南北春色染，

长城内外景宜人。

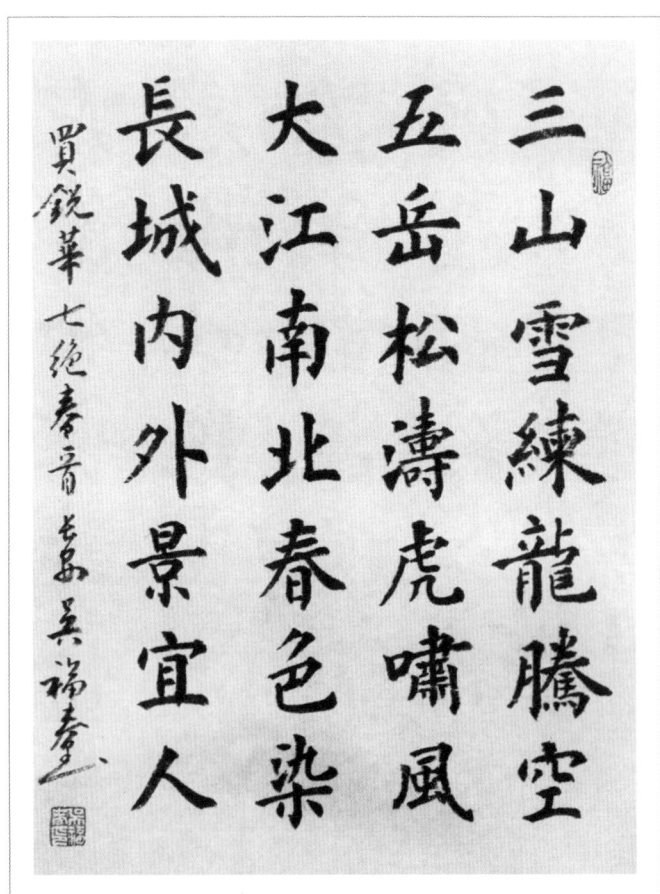

春满人间

金联妙贴喜盈门,

红灯高挂福满堂。

彩龙舞年年景丰,

玉虎啸春春意盎。

壶口解封

暖阳升温冰凌融,

飞流直泻虎奔腾。

十里槽河龙咆哮,

气吞山河映长虹。

冬至春归

杨柳失色无意眠,

芦花吐白仍抢眼。

冬菊冷艳欺霜雪,

蜡梅数九春悄然。

春 雪

旧雪未消新雪飘,

乍暖又寒东风摇。

嫩柳借剪裁新绿,

家燕休羽梦春晓。

春雪凤城

春雪放晴观雄山,

烟岚银素别有天。

凤城碧空佳境绝,

山川霁色壮美堪。

春　柳

杨柳羞色恰春逢，

新芽欲发当雨宠。

柔枝含烟千万条，

撩得人间意浓浓。

赏析：
古往今来，对于春天的描绘，诗作往往以万紫千红的景象来表现。而这首诗却独辟蹊径，诗人着墨于"春柳"，柳条抽芽，细雨如丝，形象地表现出"子规声里雨如烟"的春日气息。从全诗来看，它经过了诗人精心的安排和推敲。首句"羞"字，运用拟人的手法，将杨柳初露芽抽叶的可爱情状，生动传神地呈现在读者面前，惹人顿生怜惜。二三句新芽柔柳，在烟雨迷蒙中摇曳，令人产生无限遐思。经过漫长的严冬，春天终于来临，人们内心充满了喜悦之情，末尾"意浓浓"三字，恰如其分地表现出了人们的这种心情。（读者：曹国昌）

阳春闲吟

杨柳争春垂嫩条,

桃杏斗妍分外俏。

丽人靓装踏青行,

人间处处尽妖娆。

春 水

凤城春水黄河来，

一渠一湖一池爱。

胭红桃花鹅黄柳，

一颦一笑一诗怀。

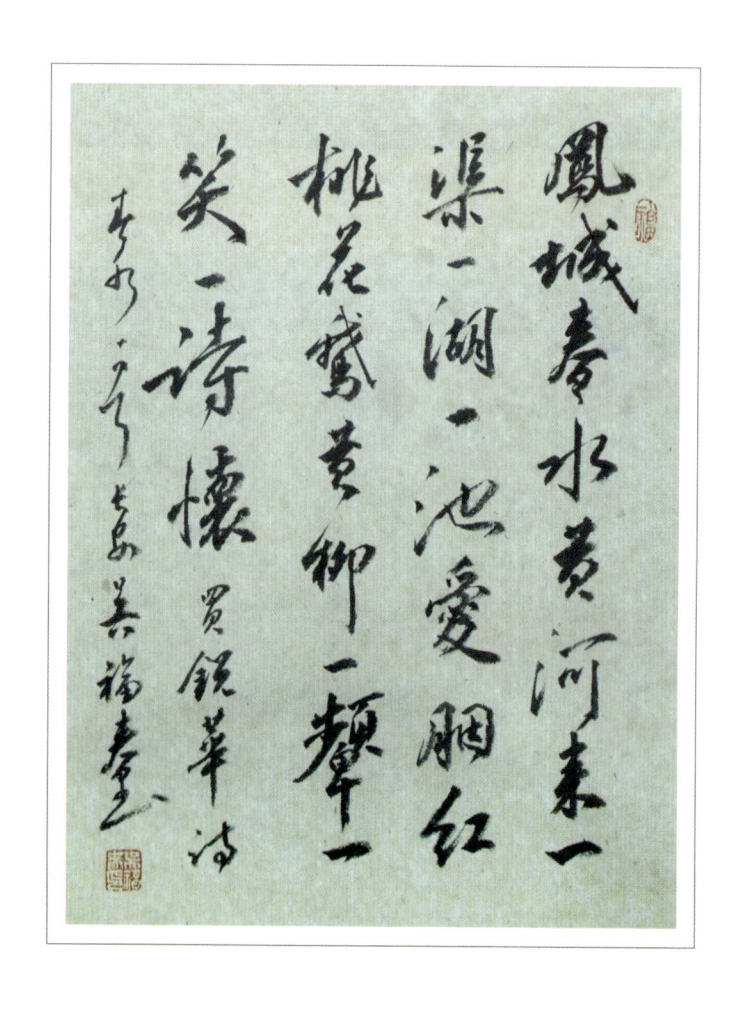

春　雨

一场春雨贵如油,

千树皆翠草芳茵。

惋惜花蕊失羞色,

更喜山川万物欣。

春　好

大地返青柳含烟,

湖水涟漪桃吐丹。

飞鸟啼翠蝶添意,

赏春莫错闰月天。

湖城四月

湖城四月尽芳菲，

桃红梨白柳烟翠。

连翘报春吐金黄，

丁香薰风海棠醉。

雨后春景

雨霁山峦青如黛，

烟晨村野翠入诗。

花间蜂忙不负春，

芳丛蝶舞正梦痴。

春　色

微风扬柳一抹绿，

细雨润桃万般红。

不觉鸟语唱春色，

难晓诗情在画中。

赏析：

读《春色》一诗，那留在字词间的春意宛如一曲悠扬的民歌般生机盎然又收放自如。尤其强调的春景特有的"微风""细雨""鸟语"增添了春色的灵动感，不禁让读者融入其中，美不胜收。从中可感知作者内心的丰盈和遇见春色的欣喜之情。（读者：秦钰）

暮 春

漫天杨絮和风卷,

一地落花归自然。

细草芊芊涟波涨,

青山绿水春尽染。

春 旱

塞上晚春天使性,

晴惰阴缠大风勤。

禾苗旱困生乏力,

草木有意雨无情。

惜 春

布谷声声急耕催，

农家小院惜春晖。

移花种菜衬桃李，

时蔬季果尝鲜美。

春 末

一波湖水涨翠苇，

草丰鱼嬉叶成帷。

春意阑珊燕子斜，

槐花可人鸣鸠飞。

立　夏

一场细雨惜暮春，
万树新叶绿初夏。
桃李芳谢暗留香，
恰似牡丹盛艳佳。

塞上初夏

春日孕育麦灌浆，
塞上稻播水汪汪。
祈望天公调雨顺，
年丰岁稔喜洋洋。

初 夏

春枝着色换绿妆，

景色迷人晚风爽。

村头枣树吐新芽，

稻田播种插秧忙。

湖城大美

夏日湖城秀大美，

七十二湖水连水。

黑鹳多情舞双翼，

沙鸭无数迷绿苇。

夏日暑热

千里晴空无丝云,

万顷碧野热浪滚。

空山树静风乏力,

闹市车闷暑气蒸。

夏日阅海居

夏日阅海宜水居,

天蓝地绿碧波漾。

拱桥楼映妙趣生,

翠湖鸟啼人福享。

夏日枣博园

百年老树撑荫天，

数十珍枣栽植全。

长把梨木苍颜老，

鸟啼枣花蜂蝶恋。

池塘荷叶初露水，

曲幽深处月季艳。

朝晚健身环音乐，

枣园居民好悠闲。

五一西湖游

灵州西湖鸭浮巢,

数只雏鸭戏水闹。

新荷露水叶片片,

水莲酣艳风摇摇。

会盟楼雄燕子飞,

亭榭画廊游客翘。

鞭打陀螺听啪声,

人换薄衣舞身腰。

五月塞上风光

古峡开闸溉粮川,

长渠润田鹳鸟旋。

秧稻万顷水盈丰,

湖阔渔钓假日闲。

鸣翠湖雨钓

细雨蒙蒙阴雾天,
斜风荡苇鱼鸟欢。
荷塘碧叶声翠翠,
堤岸闲钓乐竿竿。

夏夜雷雨

一夜雷雨洗万象,
连日暑热温骤降。
天公无情人叹惜,
庄稼受灾无奈望。

暑雨塞上

暑雨洗塞上，云散见炎阳。

荒沙碧草青，稻田水汪汪。

飞鹳平沙落，岩羊峭壁上。

俯瞰几字湾，长河泛银光。

夏　夜

夜空如洗望星辰，

凉风似秋听蝉声。

庭前灯射扑飞蛾，

院里花谢月孤影。

游园丽人行

凤城夕阳追,游园晚霞随。

水秀映景色,丽人赏不累。

纤手捧香枝,掩脸留影翠。

眉黛裁绿叶,妆靥衬花蕊。

丹唇随笑开,明眸惬意醉。

红花羞玉姿,环艳绝色美。

湖城六月

气温飙升烈日炎,

翠湖碧川鱼鸟欢。

片片荷叶翻露水,

朵朵白云挂天边。

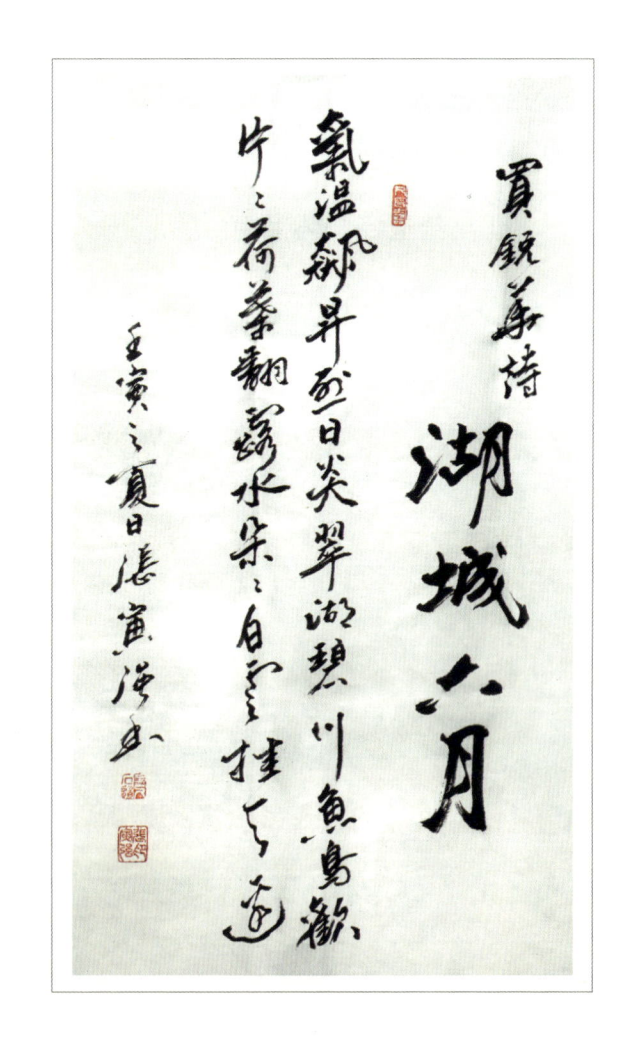

塞上夏日壮景

长河曲流白如练，

秧田平镜水云间。

空山斜照醉红霞，

湖光暮色收渔晚。

赏析：
这首诗描绘了一幅塞上夏日美景图。诗人极目远眺，长河蜿蜒曲折如练，方塘如镜，天光云影倒映其中。夕阳掠过山肩，余霞成绮，清幽宁静的和谐之美令人沉醉。前三句展示了山光水色的静态之美，而最后一句写渔人暮归之景，一个"收"字化静为动，打破了湖光山色的静谧之态。同时，"收"字又以动衬静，更显塞上夏日的清幽宁静之美。整首诗洋溢着诗人对塞上夏日的喜爱与赞美之情。（读者：牟彩过）

夏日六月

万物勃发麦穗黄，

碧波绿浪秧苗长。

烈日当午人畏热，

树荫纳凉晚风爽。

盛夏荷塘

池塘荷色泛碧波，

堤岸苇翠荡影娑。

曲径廊桥人闲步，

鼓蛙噪蝉伴雨歌。

夏夜小院

夕阳残照落山峦，

晚风清凉入小院。

夜幕茶歇赏月明，

顽童嬉戏犬宠欢。

赏析：

这是一幅温馨的夏夜乡村风景图。全诗文字朴素自然，没有华丽的辞藻，都来自于实际生活，从中不难看出，乡村是诗人生命中难以磨灭的印记。面对如此亲切的乡村，诗人当然轻车熟路，仅聚焦于寻常农家小院，就给我们展示出一派迷人的乡村风光。"夕阳残照"本是令人伤感的意象，历代文人墨客一般用来表达内心的孤寂和悲伤，而在本诗中，有了小院相衬，这个意象获得了奇妙的效果，给了我们别样的体验，不仅没有丝毫悲伤的感觉，反而从视角上感受到一幅宁静的画面，这是农家小院美好的背景图。"晚风清凉"从触感入手，表现出乡村生活的闲适与惬意，在这样的小院子里，凉风习习，一家人忙碌一天后，围坐一起谈天说地，其乐融融，所有劳累一扫而光。月色如洗，恍如白昼，大人们喝茶赏月，稚子顽皮，小狗淘气，这些描写细腻生动，别有一番情趣，生出一种淡怀逸致的美感。都市生活的繁忙，让人疲惫不堪，这样宁静而美好的乡村，怎不令人向往，诗人通过一方小小的夏夜小院，让读者感受到了温暖的归属，同时自己也完成了生命从喧哗走向宁静的诗意回归。

（读者：曹国昌）

塞上六月

塞上湖泊水丰盈,

树阴草肥鸟殷勤。

稻秧千绿听蛙声,

昼长夜凉翻云影。

初秋诗吟

一夜雨滴叩清凉,

万树风声问叶黄。

荷塘蛙鸣鼓月色,

秧田鹭飞掠稻浪。

秋之感

金叶本想沾秋光,

无奈萧风送寒凉。

岁月未必催人老,

多半愁绪染鬓霜。

灵州秋景

燕子低飞，蜻蜓露点，午后细雨涟涟。

西湖水盈，青苇荡岸，亭廊骤凉水帘。

镇河塔雄，绿带凝烟，高树苍劲百年。

城郊田野，稻平望远，长河水岸落雁。

沿山枣林，果红半脸，大江南北尝鲜。

古韵灵州，今日碧园，山川秋色尽染。

秋实美景

中秋时节泛金波，

稻香鱼肥果丰硕。

骚客礼赞无穷尽，

醉美不过枫似火。

荷花秋吟

秋风败荷花尽香,

夜雨摧茎叶凄凉。

不惜娇红妆夏色,

只为圣洁风韵赏。

晒　秋

金秋村落七彩纷,

空地房顶五谷登。

箩箩晒满瓜果蔬,

诗意美景画采风。

乡野秋色

九月湖城,风轻云淡。

雄山如洗清可见,沟壑层林霜色染。

车行高速,雨丽平川。

长河似练极目远,秋野水寒到天边。

稻穗泛黄,碧湖连片。

农家乐院饮茶闲,心随鸿雁天地宽。

秋之韵

秋光秋色秋迷人，
天高云淡地净朗。

秋风秋雨秋宜人，
碧湖似镜气清爽。

秋日秋月秋思人，
天涯共此念故乡。

秋川秋野秋可人，
登高望远心悦赏。

秋山秋岭秋醉人，
层林尽染画卷长。

秋稔秋实秋喜人，
五谷丰登瓜果香。

秋菊秋枫秋丽人，
浪漫季节诗豪放。

秋草秋叶秋凉人，
几度萧寒话沧桑。

秋霜秋露秋盼人，

塞雁南飞一字行。

秋浅秋深秋催人，

岁月不待匆匆忙。

秋怨秋恨秋忧人，

相聚别离可寻常。

秋水秋波秋望人，

不知伊人在何方。

秋虫秋鸟秋静人，

枕月听蝉思悠扬。

秋闲秋游秋怡人，

陶冶情操心境畅。

秋茶秋汤秋养人，

品味人生心身康。

秋高秋远秋奋人，

志存高远梦向往。

秋曲秋词秋雅人，

撩动琴弦颂歌扬。

秋节秋日秋乐人，

普天同庆祖国强。

秋雨（一）

秋雨霏霏逼早寒，
西风瑟瑟败荷残。
树枝摇色绿退去，
红花锦簇待来年。

秋雨（二）

夜雨蒙蒙起寒烟，
紫菊逢露美冷艳。
好花期秋多日宠，
霜叶纷纷诉秋短。

秋雨（三）

晨雨潇潇消炎燥，

绿叶始黄秋意早。

又到湖城听蝉鸣，

谁愿时光催人老。

秋色醉人

仲秋一抹红与黄,

恰似美酒三春酿。

不经夏煮哪浓烈,

怎得人生梦醉香。

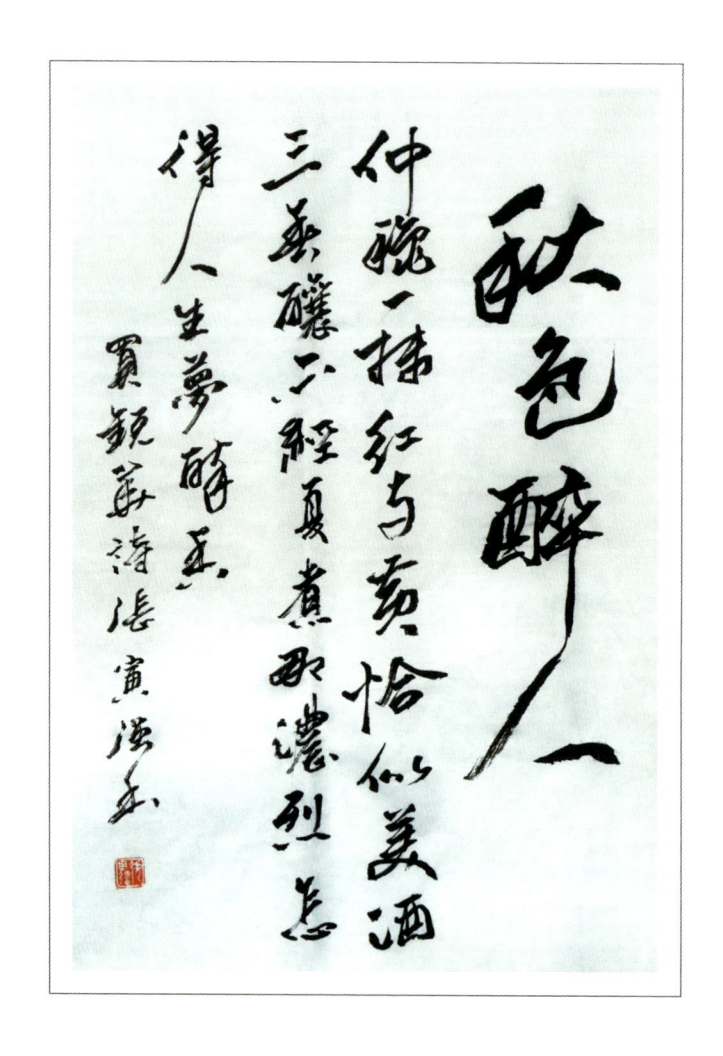

望 秋

望见山川色斑斓，

黄橙红绿霜叶繁。

秋意浓浓多思绪，

情到深处诗千言。

金秋壮景

金风任性撩叶黄,

秋雨悄然涂彩妆。

满目画卷极致美,

自然馈赠无限光。

秋菊鸥影

一路衰叶迎风落,

半篱菊花顶霜艳。

池荷香残晚来秋,

点点鸥影水上闲。

秋老虎

酷夏渐远暑仍烦，

浓绿萧瑟叶斑斓。

金风难挡伏虎飙，

才上秋裳又薄衫。

塞上秋色

金风送爽,秋雨绵绵。

望南部,梯田雕绘如画,岚烟锁翠六盘;

新村砖房红瓦,道路蜿蜒云端。

一路花儿歌欢。

看中部,喜雨泼绿旱塬,熏风尽染罗山;

移民新居恬静,瓜香杞红田园。

一派生机盎然。

观北部,绿带葡熟窖酿,锦云祥兆贺兰;

万顷稻谷翻浪,湖泊长河如练。

一览锦绣平川。

山河壮美,风光无限。

唐人韦蟾有诗赞,自古盛名赛江南;

伟人登临抒壮怀,不到长城非好汉。

建设美丽新宁夏,牢记重托挂云帆。

小院初秋

秋风扫院残叶飞，

寒雨侵池花痕泪。

时令不待蔬果稀，

唯有长枣压枝累。

客栈晚照

黄沙驼影夕阳照，

金榆苍拔守荒老。

客栈接风待宾朋，

旅友落座酣畅笑。

推杯换盏何惜醉，

初更篝火踏歌潮。

银帐露宿望星空，

碧湖映月夜色好。

寒山秋色

空山寒影天际远，

平江秋色白如练。

孤舟渔钓收暮色，

野树添翠历苍颜。

赏析：

欧阳修在《六一诗话》中引梅尧臣的话说：必能状难写之景，如在目前，含不尽之意，见于言外，然后为至矣。写景诗在意境营造上最难，尤其是通过"司空见惯"的景物描写达到"衔远阔大"的境界最难。这需要一种精准捕捉景物和精致构建图景的能力：山之空、影之寒、天之远，孤舟、野树，高低远近，寒山秋色图于是得矣。（读者：杨风银）

秋色浪漫

霜天唯美金色夺,

层林尽染红似火。

触景未必多思愁,

五彩浪漫莫错过。

秋　忆

霜叶无声季节轮，

金秋暗淡已入冬。

印象收藏千景美，

往事如烟过匆匆。

深　秋

远眺山川披彩妆，

近观菊圃扑鼻香。

更喜火树夺秋色，

未觉绚烂遮寒霜。

秋日阅海湾

天晴气朗青山墨，

湖光倒影楼宇阔。

凤城何处怡人醉，

湾桥夕照赏秋荷。

秋月湖城

天蓝水绿稻谷香，

垂柳风摇苇草黄。

秋气透城亮琼楼，

山湖一色好风光。

南华山秋景

雨歇薄云飘，南华山绿横绵绵，

山坳松苍翠，坡塬梯层田上田。

巅高秋气爽，风电臂长叶轮旋，

车行路盘曲，不穷胜景山外山。

水墨湖城

贺兰气朗山鹰旋，

阅海岸阔候鸟飞。

拱桥流水楼外楼，

沃野平川天地美。

暮　秋

秋风劲吹花草休，

霜叶纷落树干瘦。

坐看朗空阵阵雁，

静观秋水点点鸥。

赏析：
《暮秋》，"秋风劲吹花草休"何等粗雄浩大。"静观秋水点点鸥"却收得细小纤丽，像大建筑上的小雕刻，意境有香象渡河之妙！（读者：李芸）

凤城秋色

凤城秋色天湛蓝,

碧湖白云映相连。

鸥鸟拍水知寒露,

薄雾掩山空静远。

秋湖寒露

凤城郊野湖连湖,

寒露凋荷茎叶枯。

秋水微波鸟稀落,

饱眼夕阳照苍芦。

雾漫湖城

昨夜阴冷晨雾漫,

湖水烟罩鸟凄寒。

岸边蒹葭霜色白,

半空浮影遮晴天。

霜秋夜寒

高树霜叶落地卷,

长亭爬藤已洞穿。

翁媪相依晒秋阳,

添衣送暖夜入寒。

冰 裂

日暖气升冰始融，

咔嚓声碎崩裂缝。

寒水冒溢起凌花，

春禽逐戏粼波中。

阅海冬韵

冰上疏影野鸭倦,

湖中苇荡剩鸟藏。

曲桥晨晖逼寒气,

岸柳枯条任风荡。

初冬盼飞雪

霜侵暮秋草木凋，

疫漫初冬人焦躁。

饱尝煎熬终有时，

乐盼飞雪迎春到。

冬　蕴

寒风冷雨霜如剑，

漠视落叶舞翩跹。

纵使树木三冬苦，

雪中蕴绿春又染。

六盘山冬韵

雾凇琼枝林海素,

霜凝翠岭天地白。

龙潭胭峡多秘境,

盘山飞雪尽开怀。

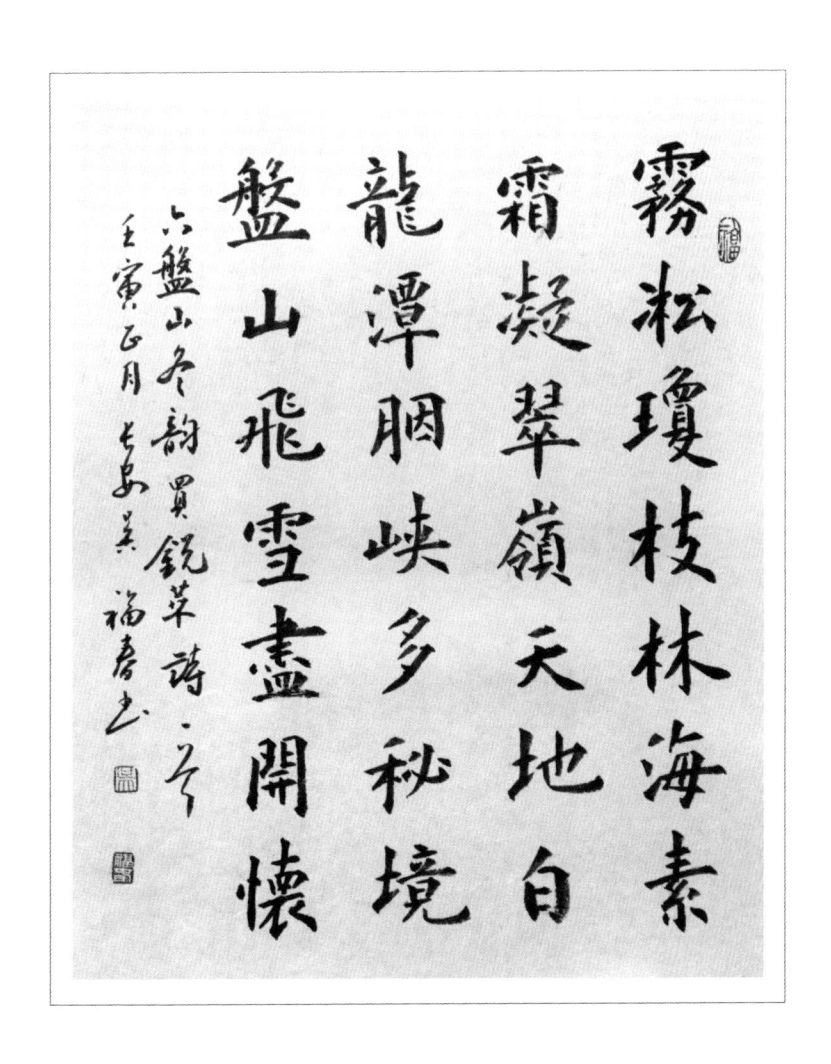

贺兰山冬景

山阴雾缭绕，

日丽晴雪生。

峪口吹风哨，

峡谷听劲松。

岩羊攀岩险，

苍鹰旋猎踪。

车过惊山雀，

石屋暖度冬。

赏析：

此诗笔致粗犷，动静结合，有极强的画面感、代入感、共鸣感。晴雪、悬崖、古松、岩羊、苍鹰等典型意象，如电影般一一呈现，淋漓尽致地表现了冬季贺兰山的雄伟险峻，令人身临其境，仿佛望见了嵯峨山色，听到了满耳松涛。当然，此诗不仅仅止于写景，全诗雄浑的意境，也体现出诗人胸襟的开阔，结尾"石屋暖度冬"，隐隐显示出诗人的侠骨柔情，让人深切感受到了寒冬中的一丝暖意，这就是生活永远充满了温暖和希望。（读者：曹国昌）

冬日暖阳

夜留残寒浓雾罩,

晨起紫阳暖风动。

仰望兰山盖晴雪,

天公作美鬼神工。

俯瞰黄河泛流凌,

九曲白波荡冬隆。

沐日旷野孕生机,

凝寒大地待春虹。

天地人间

青山雪飘银装览,

绿水冰封玉镜展。

天地常见自然象,

人间自有真情暖。

湖城冬月

青山素练千峰寒,

高楼守望碧空端。

垂柳叶落遮不住,

湖面冰封山水间。

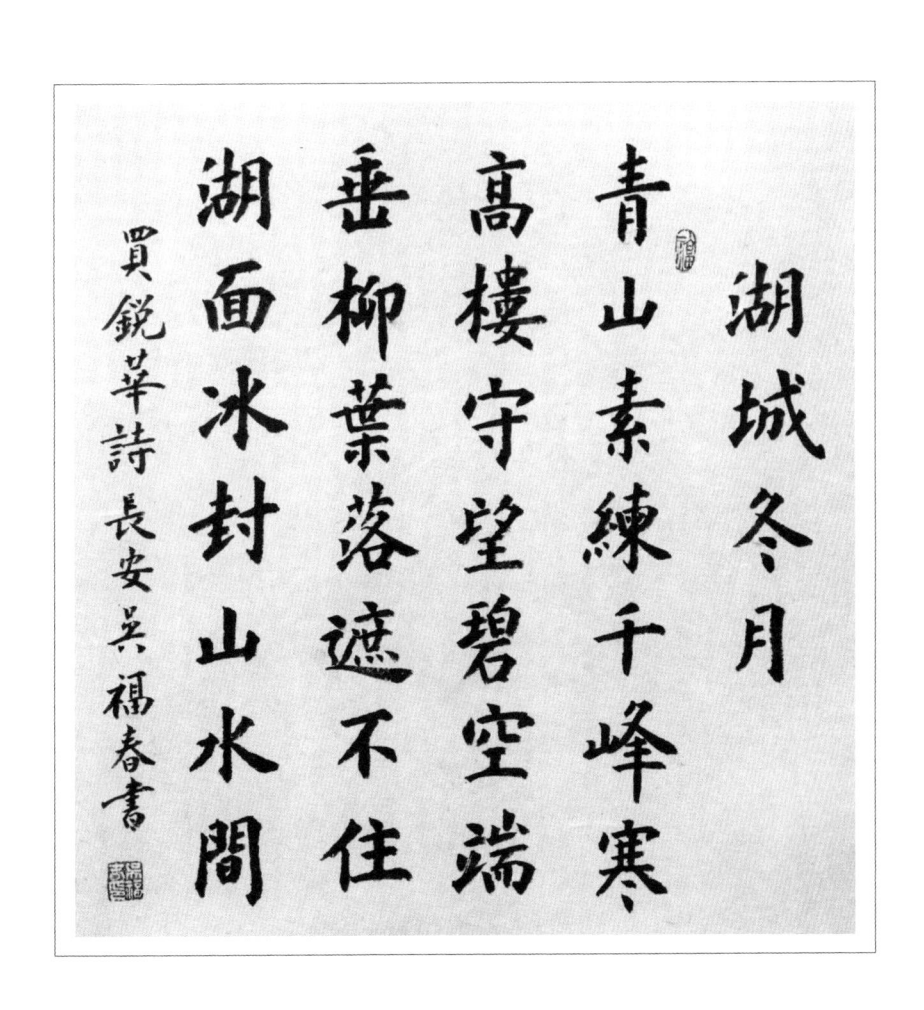

雪景宁夏

六盘山奇雾凇天，

贺兰岭峻晴雪寒。

长河素练景壮哉，

上苍赐美赛江南。

北塔湖寒景

寒卸翠妆树木灰，
冰封绿水见枯苇。
拱桥寒色无人度，
北塔依旧夕阳追。

冬　灌

暮秋收后田深翻，
初冬渠流水漫灌。
湿壤熟肥防冻害，
不待春忙早抗旱。

静待冬雪

西风无意送秋去，

凄雨不觉迎冬来。

白霜最喜冷月照，

红梅偏爱雪中开。

寒消九尽

寒消春暖九九尽，

杨柳拂面桃风信。

假日踏野追花赏，

否极泰来转佳运。

第二辑

静守流年

立　春

天气变暖寒未尽，

杨柳拂堤醒东风。

残雪化泥冰融水，

万物复苏始立春。

雨 水

和风送暖仍微寒,

细雨润物新色染。

冰湖融半绿波荡,

草木初醒媚春眼。

惊 蛰

百虫蛰伏初雷惊,

九龙抬头万物醒。

柳莺啼翠阡陌绿,

农夫耕忙垄上行。

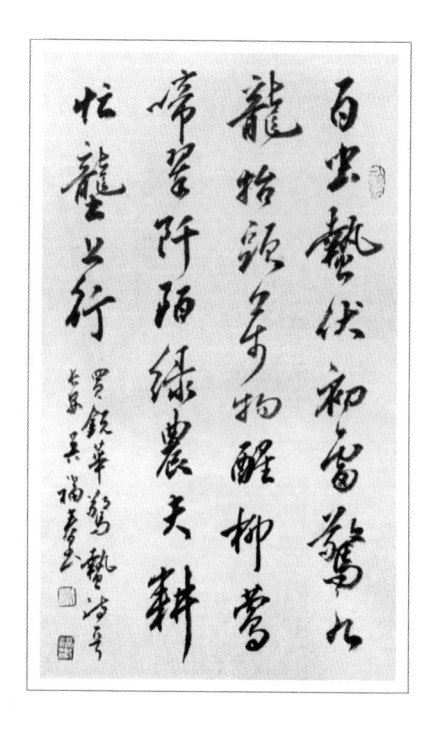

春　分

日丽雨沛春半分，

云卷风多昼夜衡。

桃杏怒放花千树，

燕子回巢添新宠。

清　明

花自零落追思泪，

代代延承祭祖悲。

踏青留影逢晴日，

郊游闲适柔风陪。

赏析：
《清明》，"诗有别才，非关学也。"追思之泪，闲适之情，极微之处，用古常新。
（读者：李芸）

谷 雨

雨生百谷无寒霜，

种瓜种豆春种忙。

花籽柳絮觅生处，

牡丹绽妍人换裳。

立 夏

风暖昼长日渐炎，

芳草如茵碧连天。

冬麦扬花欣欣荣，

蛙蝉齐唱莺歌欢。

小　满

雨水充盈江河满，

春麦籽软半浆灌。

青黄不接苦菜秀，

阳气逐盛日渐炎。

芒　种

炎风暑雨气变幻，

种收两忙各不闲。

花谢籽熟丰稔望，

农夫甘苦写眉间。

夏 至

太阳直射昼长极，

酷暑逼近三伏期。

东村下雨西村晴，

扇舞凉风彩伞丽。

小 暑

炎阳蒸热增气旋,

晴雨温风荷色艳。

柳莺水蛙携蟋蟀,

合声催伏小暑天。

大 暑

赤日炎炎萤腐草,

雷公易怒愁雨潇。

清风难寻热浪滚,

知了闹暑何时了。

立 秋

一场夜雨消炎暑，

满树萧风叶渐黄。

只听蝉鸣不见秋，

又觉月窗送清凉。

处　暑

立秋随后处暑来，

秋虎发威蛮厉害。

夜凉昼热催稼熟，

桃梨瓜果丰硕载。

白　露

池塘荷衰叶落黄，

菊篱金色丹桂香。

冷月高悬彩云追，

秋实丰美气清朗。

秋　分

三秋平分昼夜均，

五谷满仓桂溢馨。

菊凝霜色棉吐絮，

农民喜庆节日逢。

寒　露

昼短夜长寒气生，

秋高气爽枫叶红。

大雁南迁鸟隐栖，

菊始黄华季缤纷。

霜　降

气温骤降霜凝初，

昼夜温差大悬殊。

草木枯黄柿红软，

饮酒赏菊诗怀抒。

立 冬

千诵万吟霜天歌，

秋水寒鸭鸿雁过。

欲留金色情未了，

却逢塞上银妆裹。

小 雪

寒潮频频微雪扬,

降水渐增地薄霜。

初冷闭户岁入冬,

菊始凋残树素装。

大 雪

山寒川冷朔风吹，

满湖薄冰半畔苇。

昏鸦凄啼寒更迫，

凋枝掠影待雪飞。

冬 至

深冬夜藏阳刚气，

冰月日蕴梅枝俏。

节序轮回昼渐长，

万物萌动柳条撩。

恰当思亲问寒暖，

习俗不忘馄饨饺。

数九不期春将至，

喜临门院万家笑。

小　寒

严冬风凛入小寒，

雁征雉鸣鹊不闲。

岁寒三友竞风姿，

松竹傲霜梅雪含。

客楼涮锅话旧岁，

寒夜煮酒把新盏。

若问春暖剩几时，

数九过后春尽染。

大　寒

冬暮寒飙家家火，

岁晚梅俏点点红。

除尘布新换桃符，

张灯贴联年味浓。

○

第三辑

尽历
帆千

腊八感怀

寒梦流年数腊八,

结缘相伴四十二。

百味人生历风雨,

瑞雪含梅笑年华。

赏析:

读完此诗,让人不由自主想到了爱尔兰诗人叶芝的《当你老了》,这是叶芝献给女友毛特·冈妮热烈而真挚的爱情诗篇,诗歌语言简明,但情感丰富真切。《腊八感怀》正是这样,此诗给人最大的感受,就是用最朴素的语言,传达着最真挚的情感。前三句,诗人回想起和爱人从相遇相恋相知到相濡以沫的动人场景,一切仿佛都在眼前,一切历历在目,一切都耐人寻味,难以忘怀。第四句显得尤为精彩,此句以景写情、景中融情、借景传情,"瑞雪含梅"展现出一幅温馨美好的动态画面,这份珍贵的情感,经历了人生的风雨和岁月的沉淀,显得历久弥香。(读者:曹国昌)

除夜感怀

一夜梅放傲双岁,

三更虎啸贯两年。

九州通宵普天庆,

万家达旦满堂圆。

爆竹驱瘟赶旧愁,

举杯共贺寄新愿。

依窗望夜倍思亲,

迎门接福祈嘉年。

天山牧歌

天山放晴碧草阔,

闲踏牧场听新歌。

顿觉胸襟天地宽,

醉美星空宿营择。

春 日

春日阴霭占上风，

云雨不识田地困。

鸟荒虫害危青苗，

气燥疫缠人憋疯。

春　愁

桃李深酣恨春短，

蜂蝶沾蕊却愁堪。

红袖青春不常在，

泪点芳艳暗伤感。

春　水

桃花泪面青杏小，

东风软力甘露少。

满地残红夕阳路，

春水皱波无情恼。

春　怨

花枝落红怨春残，

柳絮纷纷飞满天。

岁月如烟两鬓霜，

流年似水不复还。

春　静

梨园清韵一缕风，

雪色素艳一抹春。

人若安好自心静，

淡笑人生当从容。

秋　感

秋景如画瞬息过，

红枫似火终叶落。

人生不过弹指间，

夕阳伴我心中乐。

秋日闲吟

飒飒金风叶叶黄，

蒙蒙细雨树树凉。

瞬感鬓发霜霜染，

顿觉人生匆匆忙。

闲吟湖畔

假日湖畔艳阳照,

柳荫槐香鸟啼叫。

不时鱼跃戏初荷,

人影憧憧徜曲桥。

胡杨赞

地老天荒不言愁,

一生辉煌半个秋。

任凭东南西北风,

守望大漠千古流。

暮秋赋闲

暮秋霜色当自然,

橙黄红绿一瞬间。

岁月如诗回首往,

一路行吟感华年。

惜　秋

胡杨纷黄时光短,

枫叶火红秋向晚。

若惜秋色心神往,

目及皆美自清欢。

农家秋聚

小院清凉树荫下,
同学相聚在农家。
四十二年再回首,
人人有梦意奋发。
当年茅庐展头脚,
而今桑榆已花甲。
饱经风霜无悔言,
谈笑夕阳也风雅。

秋雨残红

一夜疾风掠枣园,
又遇晨雨袭珠串。
可惜残红铺满地,
果农无奈只兴叹。

晚　秋

一池秋凉水静波，

一树霜叶悄然落。

人生如梦总迟解，

青春不待时光磨。

秋　梦

一场寒雨破窗凉，

一枕秋梦思绪怅。

莫道金叶怨霜落，

漫漫人生谁无伤。

赏析：

读《秋梦》，感觉阵阵凉意袭来，但仍不失其中的豪放。其中"莫道""思绪怅""谁无伤"直抒胸臆，表达诗人历经人生风雨后乐观豁达的情怀。运用拟人手法把秋叶的怨叹和无可奈何表现得淋漓尽致，引出作者的感悟：人生经历风雨是正常的事，应该以平常乐观的心态宽慰自己。（读者：秦钰）

秋日感怀

若无春枝沐雨露，

哪有秋叶色斑斓。

人生好比春枝树，

风华落尽鬓霜染。

感悟人生

人生总留多遗憾，

莫求事事皆圆满。

若遇生活多坎坷，

唯有淡定勇向前。

海之婚纱照

青山作证彩云飞,

碧海当媒白浪追。

湾湾椰风浪漫情,

双双梦影婚纱配。

退休感怀

夕阳青山衬晚霞,

老马卸鞍仍从容。

挂冠赋闲心态正,

暮年霜枫叶更红。

老年感怀

青春不在鬓如霜,

往日荣耀已沧桑。

不惧容颜渐老去,

就怕懒散身心伤。

归田闲居

秦渠水绕千顷绿,
边山环抱花果园。
镇河古塔隐深翠,
百龄枣树劲苍然。
春风尽染梨花雪,
野村深处冒炊烟。

曲道穿林通人家,
柴门栅栏围小院。
旧宅寒舍矮墙头,
老井古树石径连。
门前花圃桃李杏,
房后菜园豆丝缠。

鸡叫破晓鹊鸟啼，
犬吠惊客主人拦。
小渠柳萌肥水流，
荷塘露叶蜻蜓点。
一帘霞光照庭堂，
满院树影小桌餐。
借梯上房观落日，
晚霞似火映栅栏。
顽童追逐捉迷藏，
满脸灰土暮归晚。
打草收叶喂兔羊，
攀树摘果掏鸟蛋。
应时所好躬身植，
秋收冬藏乐开颜。

柴火野菜粗饭茶，
悠悠踏野身心健。
夜静蝉鸣凉风爽，
乘墙赏月星满天。
小窗春色花香溢，
金风秋叶瓜果鲜。
夏凉倚栏听雨声，
冬凛围炉避雪寒。
四季云舒景适宜，
夜静枕香睡梦恬。
少壮离家谋生计，
流年乡愁故土恋。
修葺老房甘如饴，
耳顺之年归田闲。

思 父

少时家院一架葡，
茎繁叶茂根系粗。
形似扇屏遮半院，
藤条舒展三米五。
马奶琼珠晶莹剔，
中秋时节琐琐熟。
邻里父老曾尝鲜，
亲朋好友多口福。
葡萄好吃树难栽，
仲春搭架冬埋护。
小院承载家父情，
半辈爱树偏喜葡。
躬身培土埋枝条，
爬架搭藤草绳缚。
掬起放下难伺候，
打桩立杆劳筋骨。
犹如烈日撑大伞，
家人乘凉避酷暑。

历历父影泪辛酸，
勾起儿辈思念苦。
家父种葡小有名，
剪枝压条经验足。
培育幼苗无私送，
马奶琼珠飨众户。
当年家境困不如，
丰熟鲜葡当家补。
家父善为手脚勤，
忠厚老实好辛苦。
养儿育女倾一生，
慈爱有加打骂无。
家父已故二十载，
人去院空葡树枯。
今整老院温往事，
思亲悠然新植葡。
赓续前辈喜与好，
追念父母永心驻。

思 母

——母亲节思母

（一）

晨起倚窗听雨声，

滴滴答答敲心碎。

仿佛慈母絮叨声，

悠然思母潸然泪。

（二）

四十五年梦红尘，

母亲病逝儿十七。

四女一子生不易，

含辛茹苦终无悔。

（三）

慈母入嫁为长媳，

负重委屈心力瘁。

弱体积劳病魔缠，

肝癌折磨受大罪。

（四）

母亲病榻泪湿干，

儿焦无力救母危。

母抛儿女撒人寰，

五十有三逝痛悲。

（五）

逢节跪坟儿祈母，

心痛慈母撕肝肺。

遥思吾母点滴恩，

尽孝无门终恨悔。

（六）

母亲朴实又聪慧，

手巧能干不怕累。

缝衣剪裳最拿手，

家用简修她都会。

（七）

母亲仁爱友待邻，
助人乐怀多善为。
谁家有难找大妈，
吾母欣然帮到位。

（八）

慈善为怀母风范，
孝敬公婆最背亏。
麻利干练母做派，
处事不慌不惧畏。

（九）

慈母自尊又自爱，
品行端庄无人诽。
母亲一生重仪容，
衣着坎肩缠裤腿。

（十）

慈母持家心又强，
漆箱彩凤请匠绘。
三件木柜家遗存，
睹物思母空悲泪。

（十一）

慈母一生爱施舍，
家境不富但善为。
救济困邻贴亲戚，
感动街坊有口碑。

（十二）

母教儿女严与宽，
言传身教不嘴碎。
爱子如命慈母怀，
虚寒问暖心细微。

（十三）

母俭节省添新棉，

挑灯穿线满襟泪。

望儿成才心急切，

短促一生梦已碎。

（十四）

恨吾年少不懂事，

顽皮惹母气又容。

而今吾已六十过，

无从孝母心伤痛。

（十五）

母仪财富永长存，

传承儿孙继遗风。

怀念慈母功与德，

买氏家族一品尊。

赏析：

这是一首追思母亲的诗，画面寻常朴实，情感哀婉动人，思母之情跃然诗中，读来催人泪下。时逢母亲节，偏偏赶上细雨，诗人独居老屋，睹物思人，不由自主想起了去世多年的母亲，点点滴滴涌上心头，内心悲恸不已，对母亲的思念如绵绵细雨，深沉而悠长。此诗分为十五节，每一节都在回顾，每一节都在思念，每一节都肝肠寸断，可以说是层层递进，逐层将思母之情推向高潮，令人为之动容。树欲静而风不止，子欲养而亲不待。那个絮叨的慈母，再也不能倚门翘首，盼儿归来，没有比这更令人痛彻心扉的了。（读者：曹国昌）

无题（一）

一缕清风千条柳，

一波春水万般柔。

桃花有期情无价，

爱到深处伤绪愁。

无题（二）

白日余热夜难收，

静坐窗前心烦忧。

檐下双燕喃梦语，

孤灯伴月人消瘦。

老家新叹

秦渠依旧高架桥,

宁静村庄汽笛吵。

枣园人家今何在,

未见炊烟梨花少。

赏析:

这是一首书写故里的感怀诗,全诗抒发了今昔对比,物是人非的感慨。首句开门见山,写出老家的现状,"依旧"一词,显示出诗人置身于熟悉而又陌生的老家,心潮澎湃,内心久久难以平静。第二句村庄的"静"和汽笛的"吵"形成了鲜明的对比,特别是一个"吵"字,打破了村庄的宁静,也扰乱了诗人此刻本来就难以平静的心。于是第三句诗人忍不住有了疑问,当年的枣园人家,如今在什么地方?有了这样的疑问后,第四句以景作结,似答非答,点出了内心存疑的原因,当年炊烟袅袅,梨花繁盛的老家已是一去不复返,进一步抒发了世事沧桑的怅惘。从古至今,人们都有着强烈的"老家"情节,从各方面来讲,"老家"永远是根,无论身居何方,走出多远,"老家"一直是心灵的归宿,是安放身心的精神港湾。我们不难想象,诗人兴致勃勃地来到老家,记忆中的情状早已不在,看到如此萧索的景象,他的内心,该是多么的伤感。(读者:曹国昌)

睹柜思母

老宅存放三件柜，

五十年驳岁月催。

装满慈母持家爱，

漆彩褪色伤悲泪。

人生淡定

往事不堪有伤感，

锦年如歌也遗憾。

人生旅程谁无挫，

寸心淡定且安然。

河边闲吟

每每河边行,

处处有诗吟。

月月花别样,

季季景换新。

人生闲吟

一树春花单季香,

一目秋叶瞬间黄。

若要人生不枉过,

酸甜苦辣杂味尝。

赏析:
人生许多认知源于我们自己对自然变迁的感知:树的荣枯与季节里体现的时间,我们为此而发掘生命的终极之问!而这些体现生命升级迹象的发现,就是因为我们在闲下来时注视过的一棵树。这个过程的完成,符合中华优秀传统文化中的诗词规律:景与情的浑然天成式的关联!(读者:杨风银)

人生感悟

人生得失当自然,

无需在乎也清欢。

功名利禄知足乐,

莫管闲话心静安。

人生如太极

人生沉稳如太极,

进退自如游刃余。

切莫莽撞好冲动,

以柔克刚是真谛。

农 妇

晨晖洒田园，
飞鸟绕林间。
蝉鸣草丛深，
润渠水潺潺。
黍地锄杂草，
农妇忙不闲。

晌午日烈烈，
汗流湿衣衫。
斜阳当西下，
收锄见炊烟。
期盼早丰实，
眉开苦乐甜。

闲吟人生

闲亭对坐赏春花，

诗吟岁月品清茶。

人生虽非花重开，

但曾出彩不负华。

落 果

雨打桃李落果贱，

春时芬芳争斗艳。

岁月匆匆四季轮，

两鬓苍苍秋水间。

赏析：

此诗饱含着对人生的深刻感悟，写的是落果，实则写人，既写出了人生得意时的"争"和"艳"，又写出人生失意时的"落"和"贱"，但诗歌情感基调哀而不伤，特别是最后一句格调昂扬向上，表现出经历人生曲折后看淡得失，寄情于秋水间的洒脱与旷达。（读者：曹国昌）

回看旧照片有感

八〇干部培训照,

恰是青春风华茂。

初踏仕途比肩齐,

如今浮沉已梦遥。

旅游日

山河壮美历历阅,

霞客游记开游节。

五月始启黄金季,

观光度假心意惬。

冷雨凄风

冷雨潇潇千水寒,

凄风飕飕万木惨。

花繁叶茂不常在,

唯见青松绿人间。

闲吟中高考

盛夏时节万物发,

桃李满园争荣华。

莘莘学子中高考,

求知育才双向拔。

高考闲吟

笃学十载苦弦绷,

丰羽硬翅待劲风。

今日蟾宫斩桂枝,

金榜题名身心松。

凤城中秋夜

凤城皓月街灯秀,

湖水映月村静悠。

万家赏月看秋晚,

天涯共月思乡愁。

思友人

秋蛩声不歇,

芭蕉夜雨收。

友人千里外,

思念五更忧。

赏析:

这是一首思念友人的小诗,"秋蛩""芭蕉""夜雨"等特有的意象为全诗营造了特定的氛围——思念。时值秋夜,蟋蟀鸣叫,秋雨绵绵,雨打芭蕉,营造了一种浓浓的思念之情。"友人千里外,思念五更忧","千里"点名相隔之远,"五更"极言思念之深。这两句点出了友情深厚,江山难阻的情景,表达了对友人浓浓的思念之情。全诗语言简练,对仗工整,主旨突出。(读者:牟彩过)

疏雨愁云

连日阴云无几晴，

疏雨湿地夹沙尘。

残花败絮随风卷，

幼苗冷萎叶不生。

黄昏车流

湖光山色近黄昏，

夜幕降城灯火红。

街道车流如潮水，

朝拥暮堵日日匆。

明月寄思愁

蝉声迫寒寒彻夜，

明月照人人望月。

纵然相思情未了，

身在异乡独思切。

早茶闲趣

西湖临街喝早茶,

对膝围坐轩窗下。

八宝茗香叙旧事,

数盘面点聊新话。

当年青春颠与狂,

而今鬓霜眼已花。

开怀畅饮论天地,

即兴酸曲笑掉牙。

打趣逗乐不避短,

老歌哼唱又哈哈。

晨光半晌悄然逝,

难得悠闲任潇洒。

咏 牛

俯首拔力破泥田，

挺肩躬身拓荒原。

朝出暮归驮斜阳，

春耕秋犁为丰年。

晚雨野蟋

晚雨淅沥送清凉，

野蟋凄切迫伏消。

转眼又觉霜秋到，

指隙流光催人老。

晨练赏荷

晨练结友踏风凉,

依栏短憩赏荷塘。

游鱼翻跃碧叶间,

野禽嬉莲隐羽藏。

雨后燕语

庭院雨洗透清凉,

门前花朵沾琼浆。

燕子飞檐有新语,

窗下吟诗枕书香。

老牛躬耕

老牛躬耕背晨曦，

湿蹄拔泥踏暮夕。

独守心志步从容，

俯首归来驮风雨。

赏析：

耕牛，是华夏农业文明中图腾般的存在。对耕牛的颂歌，是需要一定的敬意的。日出而作，日落而息的农业文明史中，耕牛承载了中华民族的坚韧与勤劳精神！耕牛与人的相伴史，就是中华民族勤劳奋斗史，对耕牛的抒写，就是对中华民族自身的一种庄重审视。只因"独守心志"，所以"步从容"，上下五千年，我们忍辱负重，砥砺前行。"俯首归来驮风雨"，在实现中华民族伟大复兴中国梦的征程上，我们经历风雨迎接挑战，我们不畏艰险，我们不负新时代，我们"从容"创造新辉煌。

（读者：杨风银）

○

第四辑

万物生辉

三角梅

庭院攀红似火焰,

街巷烂漫如蝶恋。

四季弄姿情悠长,

风韵琼州倾城繁。

咏　菊

满地金色夺目赏,

百花凋零独芬芳。

香漫重阳慰老翁,

色染三秋不惧霜。

咏梅（一）

蜡梅偷春雪染腮，

招蜂占蕊蜜中来。

留香散花苦寒尽，

换得人间百花开。

咏梅（二）

野柳静眠迟摇风，

雪梅怒放早争春。

疏影暗香无言意，

冰肌寒心有诗咏。

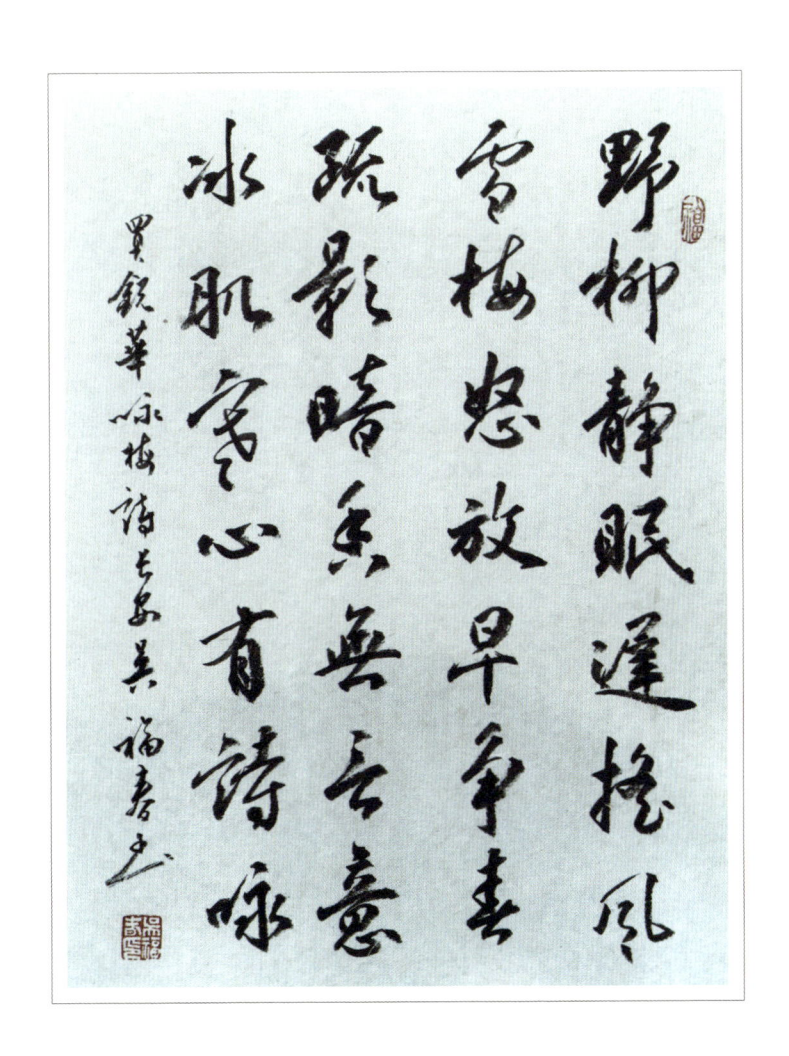

咏梅（三）

众芳竞艳春夏秋，

唯有红梅恋寒冬。

最喜白雪倾国色，

格高品香笑东风。

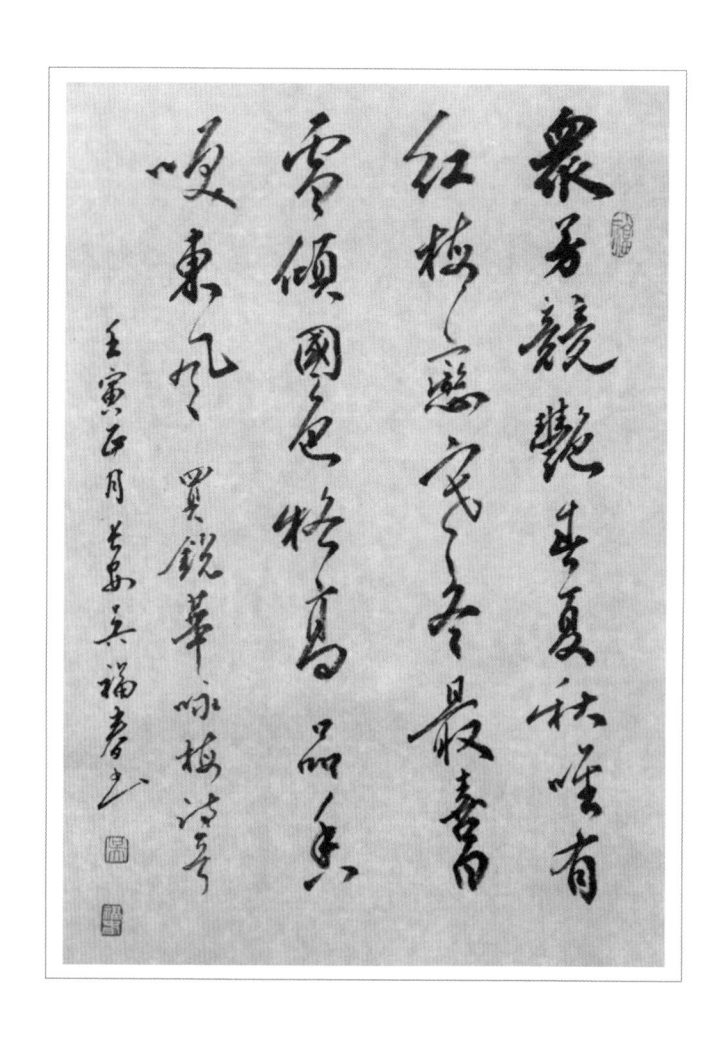

紫玉兰

轻解面纱香惊艳,

紫裙恋春情绵绵。

不待牡丹争阔绰,

只合人意饱福眼。

黑心金光菊

黑心环红散金光,

神秘梦幻向艳阳。

不畏旁眼与蜚语,

醉美夏秋暗留香。

咏 兰

元春兰花最可人，

佳节淡放喜庆生。

幽香无语真君子，

高风有意抱贞心。

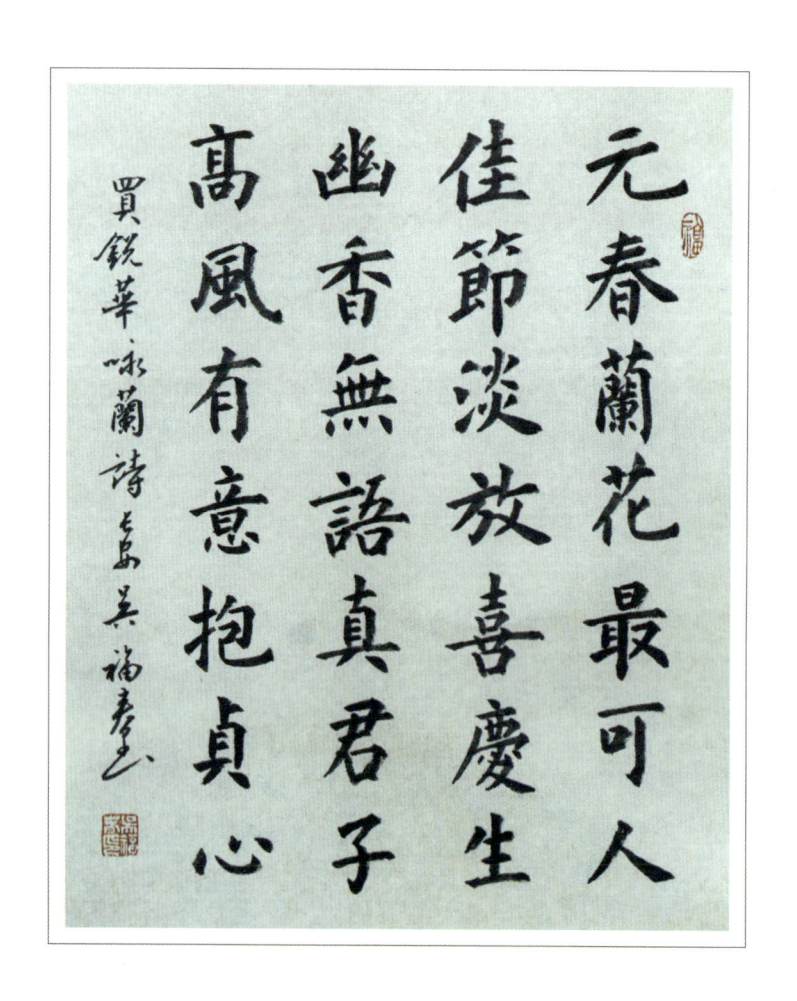

玫瑰花

花娇宠贵情人恋,

浪漫倾衷燃火焰。

玫态浓艳欲断肠,

瑰作爱情心似箭。

杜鹃花

杜鹃啼血一树红,

繁花烂漫一锦春。

游客雅意赋诗句,

香艳人间报东风。

梨　花

一树梨霜秀清纯，

雪色露含月溶溶。

粉落村野雨花泪，

香满人间暗断魂。

水仙花

凌波仙子一奇葩，

清淡高雅悦人夸。

催财献瑞客厅祥，

岁寒携兰香万家。

向日葵

仰慕阳光敞开怀，

从不掩饰心崇拜。

笑傲拥抱每一天，

洒向人间喜与爱。

赏析：

向日葵，没有牡丹的典雅气质，没有玫瑰的扑鼻清香，没有月季的楚楚动人，但是它充满了阳光的味道。"仰慕阳光敞开怀，从不掩饰心崇拜"，向日葵，永远绕着太阳，不离不弃；向日葵，伴着阳光的照耀，坦率真诚；向日葵，带着阳光的热度，追逐梦想。"笑傲拥抱每一天，洒向人间喜与爱"。向日葵，迎着阳光灿烂绽放，颜色里充满了阳光的味道；向日葵，永远保持一种向上的姿态，把背影留给黑暗的过去；向日葵告诉我们，只要朝着阳光努力向上，日子就会变得单纯而美好。是啊，在这个世界上，无论是哪一个角落，有向日葵的地方，总是充满了爱与希望。向日葵，一生只为爱而活。（读者：牟彩过）

芍 药

花开亭池争春艳,

红绡金蕊夺眸染。

绰约频频献殷勤,

不胜牡丹羞色怨。

月季花

花中皇后分外娇,

风情博众赢客笑。

长春常绿月月红,

披刺护身香艳飘。

紫花槐

五月窗外槐绿阴,

枝叶相衬紫晶莹。

骄阳不待花常艳,

借风洒爱散芳馨。

秋英(波斯菊)

株高叶细逗风摇,

花姿柔美朵朵俏。

纯洁热情寓意深,

少女掬英喜拍照。

蒲公英

草地随处黄花微，

淡雅谦卑沐春晖。

吹散飞絮成童趣，

籽落泥土把根培。

赏析：
《蒲公英》一诗，从题目看就是典型的咏物诗。诗人想象丰富，语言简洁，寓意深刻，一下子就抓住了蒲公英的本质特点：淡雅谦卑，低调奉献。这种托物言志的手法，分明是为了表明自己的品质。另外，诗歌结构整齐，押韵明晰，读来朗朗上口。（读者：秦钰）

桂 花

不与群葩争春光，

三秋占尽十里香。

淡黄晚色最宜人，

金饼桂酒天下扬。

菊 芋

路边一簇小花黄，

金色夺目生力旺。

又名洋姜耐霜寒，

独放稚秋趣味长。

非洲茉莉

繁枝叶茂素雅妆,

夜吐新蕊挂晶浆。

生机勃勃常郁葱,

芳姿博众宜观赏。

酒瓶兰

热带野生兰苍劲,

根部酷似大酒瓶。

叶密婆娑清气爽,

美在客厅满温馨。

忍冬（金银花）

花自清香金银灿，

不惧酷热忍冬寒。

卷草纹样入绘画，

药列本纲生命延。

碧　桃

远观花开红似霞，

近赏骨朵胭脂颊。

深闺待嫁恋东风，

千树万枝逢春恰。

白玉兰

甘当春使不畏寒，

舞动霓裳若天仙。

洁白一生化芳尘，

留取清香在人间。

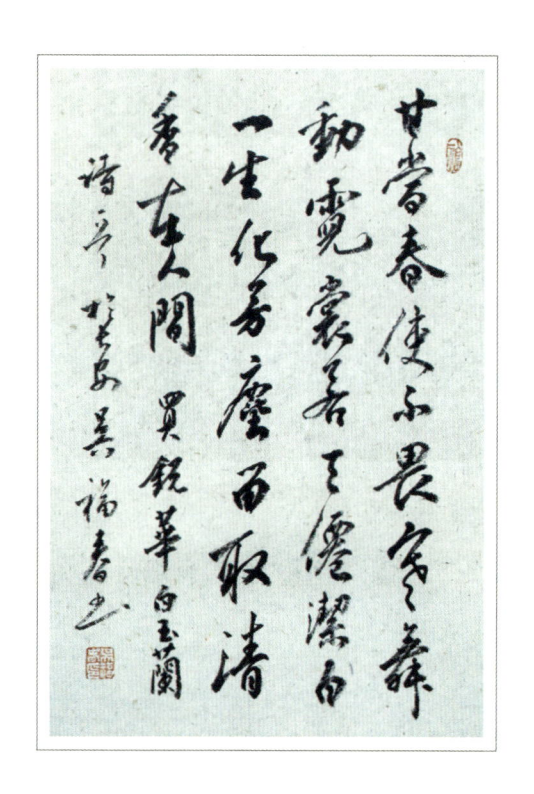

赏析：

这首诗的笔触，着重表现的是白玉兰气质的高洁。白玉兰的开放，也预示春天的到来，所以本诗起笔直截了当，突出白玉兰"甘当春使"并"不畏寒"的品质。诗人对于高洁典雅的白玉兰，是充满感情的，有一种特殊的喜爱。第二句不吝赞美之词，将白玉兰比作天仙，展现其冰肌玉质，无比芳洁，仿佛在春寒料峭中幽香浮动，让读者恍如梦境，进入极其雅静而又神奇的境界。三四句托物言志，写的是白玉兰，突出它的洁白清香和天生丽质，实际上比喻人的志节高尚，特别是末句"留取清香在人间"，既是对白玉兰品格的赞美，也是诗人情感的自然流露，十分鲜明地表达了其高洁的志节操守。（读者：曹国昌）

萱　草

茎高拔翠叶婆娑，

盛夏绽放黄金朵。

好合忘忧芳心吐，

母亲之花诗可歌。

沙枣花

不妒桃李争春光，

只借熏风溢清香。

守望荒漠傲旱寒，

沙掠雨洗更芬芳。

第四辑　万物生辉

杏 花

簇簇杏花夺春景，

朵朵粉腮方梦醒。

蜂采蝶恋占秀色，

怎奈桃李妒风韵。

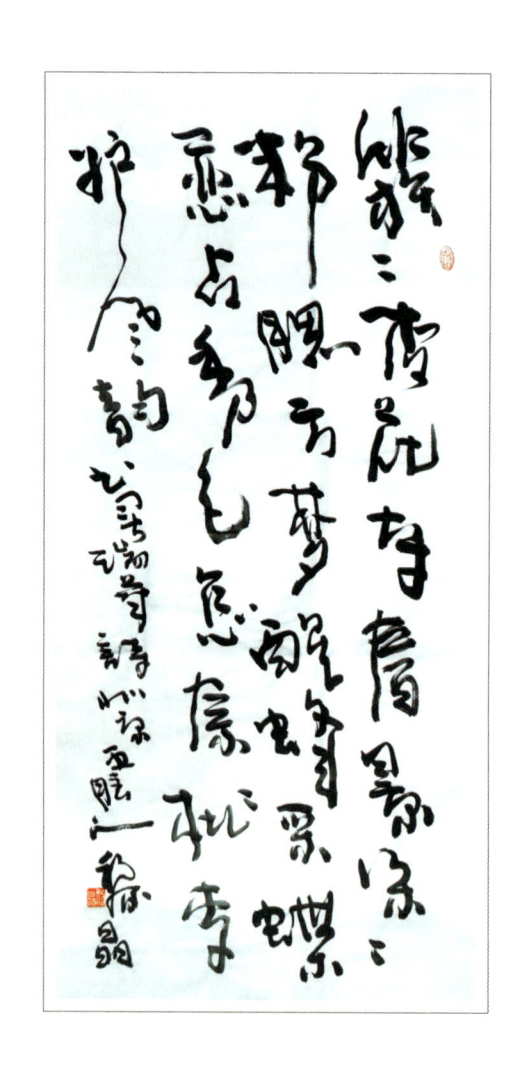

牡丹花

国色天香花中王,

不畏权贵贬洛阳。

倾城富丽好颜色,

独享尊荣超群芳。

格桑花

根植高原坚韧拔,

不畏劣寒精气佳。

九瓣梅朵柔情长,

守望雪域幸福花。

凤仙花（指甲花）

夏庭阶前数束花，

丹凤翘枝迎朝霞。

彩蝶恋翠添画意，

丽人采撷染美甲。

茶　花

花中娇客色缤纷，

香瓣笑靥云霞喷。

满枝朵朵似绸缎，

游人痴迷多失神。

紫叶李

紫叶含烟一树春，

娇巧夺目满枝粉。

酷似樱花不攀桃，

花间淡雅也骄荣。

桃 花

春色眷顾桃芬芳,

羞得野杏无处藏。

丹颊最惧乱雨洗,

残留香痕泪满裳。

霜桑叶

片片桑叶霜杀落,

可惜风卷伴泥和。

少有人知茶功效,

降糖降脂药用多。

霜　菊

苦恋飒风奢金黄,

尽沐玉露溢清香。

不爱春光扮秋色,

敢在梅前独傲霜。

赏析:
每一个坚强的存在都得益于它对自己生存环境的适应,对飒风的苦恋不是后天的习得,"奢金黄"也不是随着环境而生的追求!秋天冰冷的雨水,洁净而通透,开放的菊花溢着清香,我们认为这是一种天然,并且承认它们之间就是紧密关联着的存在,于是"傲霜"也被认为是一种天然的品质。咏物与"言志"需要一种发现,这种发现,"以我观物,物皆着我之色",这种体现在咏物诗上的逻辑发现,亦是观者——"我"的一种境界。(读者:杨风银)

赏 菊

凤城博园菊傲霜，

数万盆栽伴重阳。

冰姿玉容美若仙，

瑰丽绝色吐芬芳。

花团锦簇步换景，

彩带纷呈溢清香。

佳丽偏爱拍倩影，

雅客稀奇吟诗赏。

秋之菊

冷雨无心催荷凉，

金风有意惹叶黄。

群芳挥泪别秋时，

寒菊偏爱恋白霜。

槐花泪

槐花盛开艳倾城,

香熏人间待好风。

无奈风光不多日,

枝落穗泪伴泥尘。

荷花（一）

风摇荷花亭亭立，

雨打碧盘露珠琦。

孤茎出泥冠新蕊，

红藕波影随月移。

荷花（二）

风掠波荡茎叶摇，

雨过日丽莲子娇。

出水傲艳为哪般？

不畏尘染自洁高。

咏荷花

粉妆碧裙笑池岸，

迎来佳人移步观。

一阵香风倾露珠，

芙蓉摇色叶背翻。

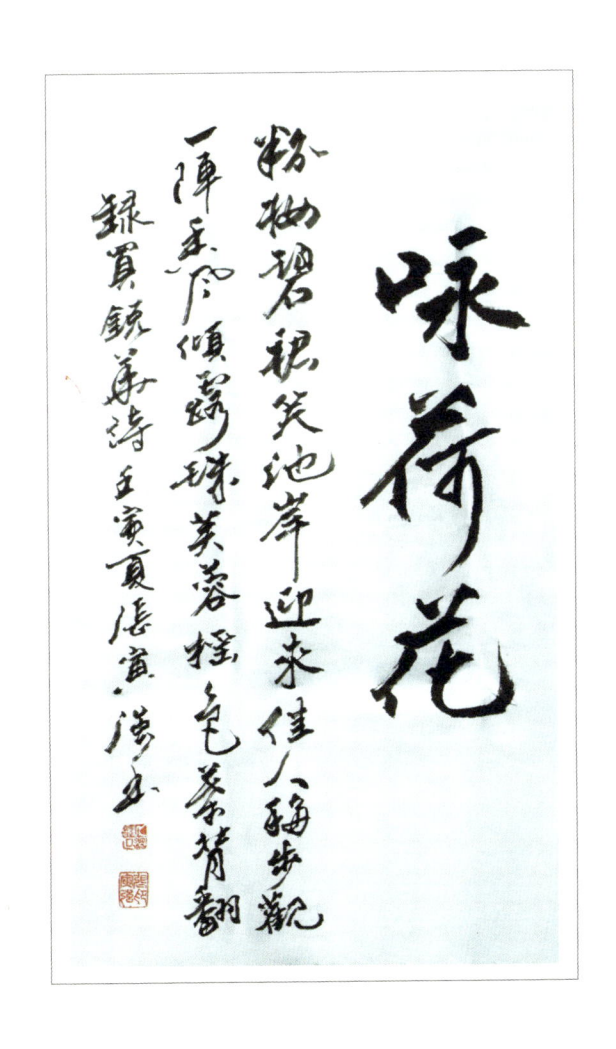

鼠尾草

湖边绿丛举紫穗,

误认马鞭风颤微。

香熏暑期添颜色,

一束一叶季芳菲。

凌霄花

绿蔓无赖爬墙头,

凌空任性艳阳收。

最爱炎夏花火红,

旺宅讨喜迎风柔。

海棠（一）

胭色娇姿仙子妆，

诗人惜花怕损伤。

陆游乞借春阴护，

东坡持烛深夜赏。

海棠（二）

四月海棠醉时光，

沐雨含丹富贵藏。

不与桃李争春早，

饱饮东风压群芳。

咏海棠

春花娇嫩胭脂色，

夏叶葱茏静时光。

秋枝低垂粒粒饱，

洒向人间果溢香。

椰子树

身影婆娑耸云天,

叶阔如伞遮日炎。

海风柔情送清爽,

椰果含乳香人间。

旅人蕉（扇芭蕉）

热带植物扇芭蕉,

柄长叶阔如排箫。

孔雀开屏堪称美,

"救命圣泉"扬名号。

美人蕉

红黄双色剪花绸,

一舒一卷舞彩袖。

西窗蕉叶得雨声,

夜敲相思梦晚秋。

棕榈树

身穿铠甲昂首挺,

伸开绿伞遮凉阴。

生机盎然饮风雨,

独树浪漫四季青。

芦　苇

修修束影鸟啼翠，

丛丛簇形晚风吹。

夏听渔歌叶莎声，

冬见寒色花不萎。

红　枫

不屑春花争宠放，

倾情秋意抹红妆。

赤燃山野妒晚霞，

客醉枫林笑痴狂。

咏 竹

风动青枝绕笛声,

雨洗翠叶听琴音。

虚心亮节怀铮骨,

岁寒三友当精英。

咏 松

雪压枝头头更昂，

霜凌针叶叶葱茏。

饱经风寒抖精神，

常青延年一劲松。

枣　树

树杆皮皴年轮长，

花黄叶细刺尖芒。

枝繁蔽日秋挂红，

枣喜婚床入粽香。

翠　苇

枯苇平茬度严冬，

冰封水寒藏深根。

春风又催茎叶绿，

束束翠苇蓬勃生。

冬青卫矛

冬青卫矛郁葱葱，

光鲜夺目讨人颂。

花语生命盆景栽，

百鸟化饥慈为荣。

白蜡树

久厌绿装换金甲，

霜叶凋前风飒飒。

深秋碧野景一色，

稍逊银杏当白蜡。

胡杨树

一生追水深根扎，

饱经沧桑锁风沙。

地老天荒三千年，

绝美金色靓霜华。

银杏树

任凭风霜岁月剥,

难摧珍木千年活。

深秋金色最夺目,

恰好银杏叶飞落。

咏　柳

垂柳依春晓，

嫩黄懒姿摇。

新丝更喜雨，

搅眠鸟啼闹。

寒　鸥

秋水寒鸥声瑟瑟,

半空轻羽舞翩翩。

行人喂食频起落,

掠影唯美在瞬间。

冬日青雀

冬阳虽暖却无力,

气温骤降寒流袭。

不知翠鸟何处隐,

唯见青雀枝头栖。

蜻　蜓

晶莹透绿千目窗，

窈姿瘦影四翅翔。

立尖点水捕害虫，

童子好奇留恋赏。

鹅

引颈高歌逼人远，

扇翅风立自悠闲。

白羽红掌浮水戏，

雄俊雌爱和美恋。

蜜　蜂

玲珑身躯勤振翅，

穿行花丛千百回。

采蜜哪知甜人间，

一生忙碌终无悔。

蝴　蝶

彩衣薄翅舞翩翩，

花蕊粉香早尝鲜。

破茧绚丽醉花丛，

双双爱恋蝶梦圆。

春 鸭

东风吹湖冰始融,

暖湾绿波落鸭群。

戏水沉浮洗寒衣,

扑翅潜影早探春。

鸭

黑白分明羽清净，

左右摇晃缓步行。

晶眼扁嘴嘎嘎叫，

恋池贪水晚追夕。

夜　蝉

树高草深隐蝉鸣，

夜静枕凉绕梦醒。

声声瑟然送暑去，

处处秋气迎菊新。

鸽　子

目远千里传书信，

橄榄枝衔寓和平。

蓝天展翅英姿飒，

爱情使者话神韵。

咏　燕

轻羽弄柳醉春意，

低翅迎风掠雨急。

不舍旧檐垒新巢，

绕梁呢喃近人喜。

咏　雁

南征北归断云翔，

驭风列阵字一行。

逐水背寒恨春迟，

鸿雁传书怨秋长。

寒　鹊

霜盖草萎鸟无踪，

寒摧枝瘦鹊有影。

林间闪翅守爱巢，

宅前摇尾报春信。

寒　雀

雪地寒雀啄草根，

人过惊散寂无声。

门前枝头唧唧噪，

轻羽扑棱醉春风。

雄　鸡

红冠彩裳觅食勤，

颈羽拔立斗胜勇。

五更惊梦一声啼，

雨晴晓色向憧憬。

骏　马

烈鬃骏驹披星月，

霜蹄踏云卷尘飞。

仰天嘶立战沙场，

策马扬鞭射猎追。

奔　牛

劲奔气冲犄角锋，

红毯斗牛勇士猛。

溪水陂草卧残阳，

一生耕耘终泪痕。

青　蛙

鸟踩浮萍见雨晴，

蛙跳睡莲捕蜻蜓。

怎奈诗客有兴致，

一片呱声叫不停。

鲤　鱼

鱼睛珠露鳞光闪,

扬鳍摇尾逐浪欢。

漫游江河掠剑影,

腾跃龙门美壮观。

水墨虾

水墨稀疏落笔下,

勾勒对虾跃纸上。

躯弯须长小化龙,

玉身透节自高尚。

骆 驼

头昂身伟双峰立，

执着跋涉识途遥。

驼铃声远送晚霞，

沙丘载月迎晨晓。

山 羊

吉羊美善性温顺，

跪乳孝母图腾崇。

撒欢碧草白云朵，

全身藏宝贵雪绒。

辣　椒

尖小尾大株株吊，

日烈红彤个个俏。

辛辣刺目入腹烈，

磨粉碎身众味调。

茄　子

垄沟肥水花娇艳，

秧壮叶茂挂长圆。

紫皮厚肉蒂似帽，

蒸煮烧炒味色鲜。

韭 菜

叶叶青绿四季鲜,

旧茬伤茎新茬妍。

药典载记壮阳草,

一碟韭菜下酒欢。

西红柿

叶卷花簇喜阳光,

不打杈头荒长秧。

待到累累柿红熟,

炒菜色香酱汤尝。

西　瓜

绿秧压蔓烈日晒，

瓜熟天数无人猜。

红瓤冰心消暑渴，

甜到心头勿忘栽。

葫　芦

叶阔光照旺藤蔓，

花香粉飘诗意绵。

满腹黄金寓福禄，

化作吉语感万千。

黄 瓜

黄花羞色蜂沾露，

细身嫩腰微刺护。

藤秧攀架丝无尽，

青味生脆盘中蔬。

豆 角

一丝一夜一攀高，

叶片层层碎花俏。

豆荚垂荡弯弯翠，

巧妇采撷喜眉梢。

樱　桃

枝叶繁茂透雨红，

果香圆润味醇真。

宴会珍馐客喜悦，

幸福甜蜜妙语生。

葡　萄

绿廊晚风摇嫩条，

爬藤月光映琼瑶。

鲜果盛盘馈客尝，

佳酿杯红酣畅笑。

○
第五辑

山河锦绣

花开湖城

四月湖城春色浓，

处处花开千姿弄。

不赏烂漫无诗意，

只怨深居不出门。

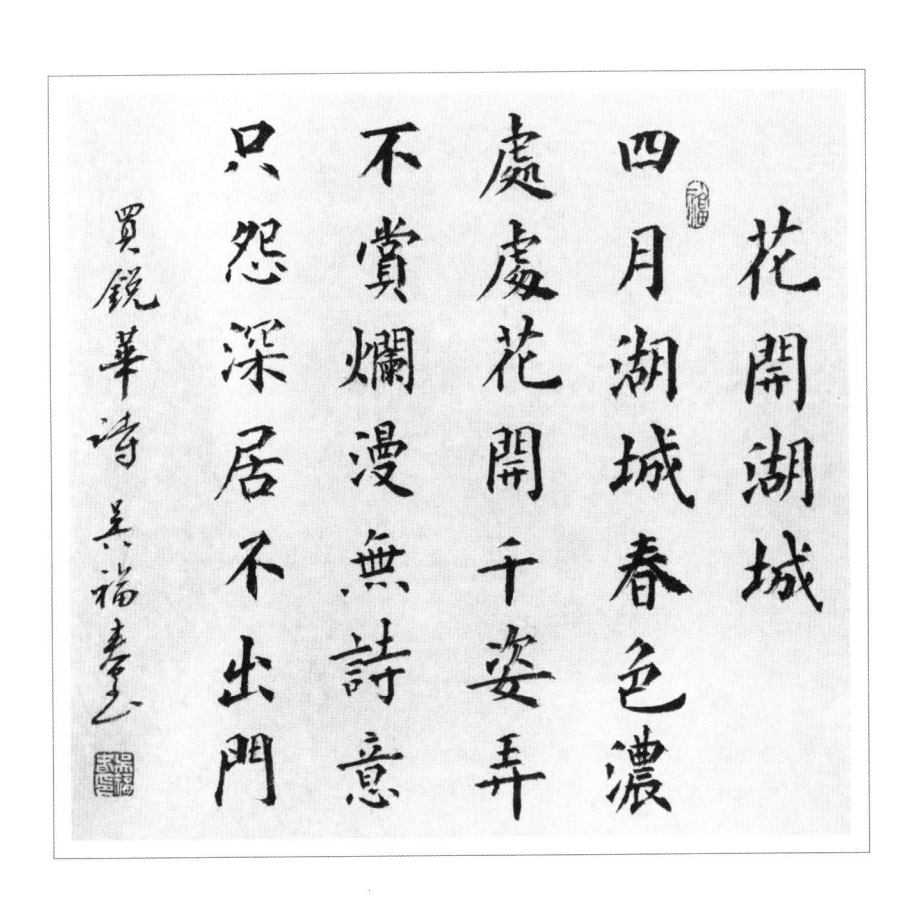

荷塘雨景

碧盘晶珠雨淅淅,

玉冠茎蕾风飕飕。

芙蓉双色夺目绚,

香艳满塘入镜收。

雨后枣园

雨后闲步溜,

枣园凉似秋。

绿叶水滴答,

树蔽隐鸟啾。

老墙湿斑驳,

小渠洪急流。

泥脚行幽处,

停看苍枝秀。

凤城夕照

西山过雨云梦夕,

霞光穿林血色绮。

湖水泛波鸟空旋,

凤城向晚暮彩披。

祥瑞凤城

夜来劲风寒雾散，

晨霁暖阳紫气生。

雄山祥云夺目晰，

长河金水济凤城。

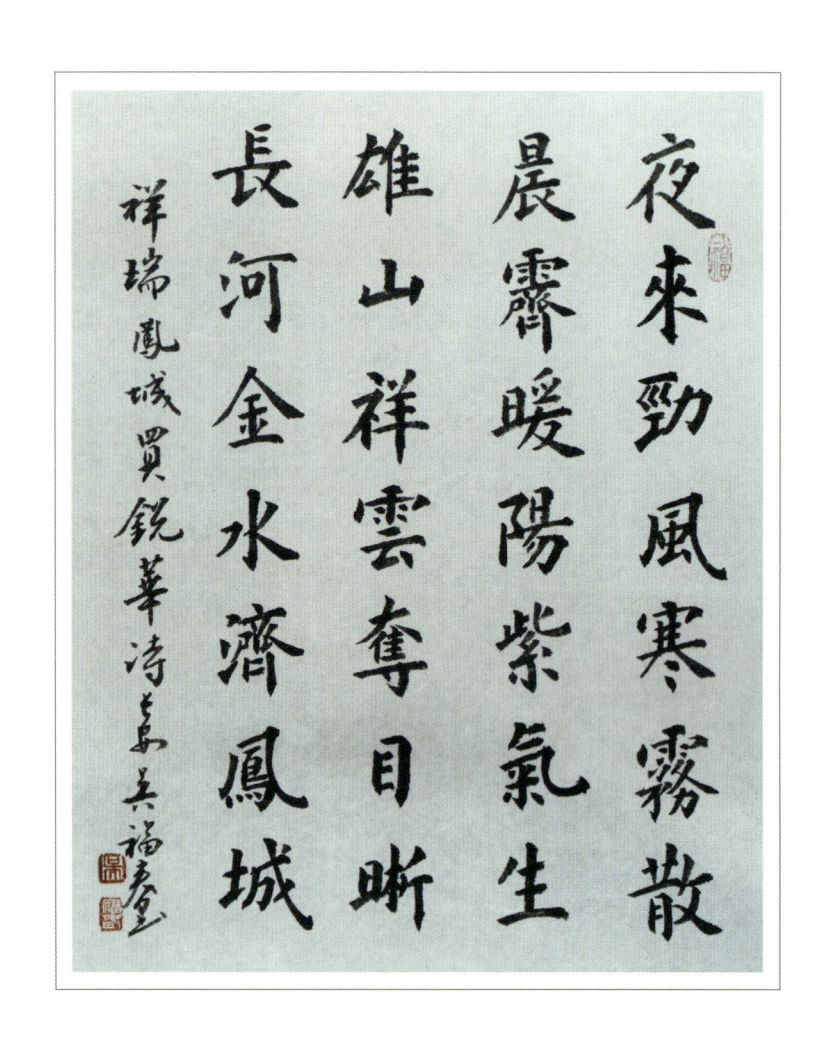

西湖美

灵州西湖好风光，

楼阁妙趣碧波漾。

堤翠桥曲人舞美，

野鸭浮巢水中央。

又观西湖

艳阳高照西湖丽，

波光倒映苇草碧。

鸟戏水面应场舞，

推窗观湖景幕移。

鸣翠湖荷韵

百亩荷塘碧连天，

凌波仙子层出艳。

饮风醒雨多情姿，

墨客追捧妙笔莲。

不染污泥独风采，

夜凉蛙鸣邀婵娟。

暑热炎迫更傲娇，

香色清白誉人间。

镇河塔

西眺黄河东依山,

饱饮秦水梨花湾。

镇守灵州风云共,

古塔史话在民间。

三亚南山游

祥云瑞彩南海天,

游客接踵山谷间。

不二法门清净界,

名刹胜景文化园。

一体三尊观世音,

福佑众生保平安。

寿比南山身临境,

依山望海胸襟宽。

三亚湾闲吟

碧海蓝天青山环,

波涛不息荡港湾。

北寒候鸟纷涌至,

椰风拂面冬日暖。

三亚咏唱

三面蓝海一青山,

一路椰风半沙滩。

大小洞天鹿回头,

海市蜃楼仙境般。

蜈支洲岛情人浪,

亚龙港湾度假闲。

盟誓天涯曾是梦,

牵手海角皆有缘。

三亚水果园

幽静山野水果园，

千顷梯田尽绿染。

簇簇芒果压枝头，

形色香眼游客馋。

塬上葱茏绽火龙，

风光占尽芭蕉扇。

又见菠萝吊蜜蛋，

更喜木瓜娇美鲜。

大东湾

东海水阔天际远,

椰风岸长白浪卷。

沙滩人潮纵情浴,

假日曼舞歌夜阑。

南天一柱

天涯何处有奇观,

南天一柱当岿然。

怪石岩崖惊涛激,

群鸥喧嚣翱湛蓝。

三亚湾景观

碧空如洗阳光灿，

水天一色海无边。

快艇竞激千重浪，

直升机飞半空旋。

近观滨路车流急，

远眺货轮往来繁。

踏歌起舞椰风爽，

逐浪听涛亲自然。

海湾夕照

夕阳斜照泛金波，

海风横浪溅玉带。

渔舟唱晚彩云追，

游人踏沙霞光晒。

天涯海角

万里寻游到天涯,

咫尺海角巨石赏。

晨听涛声看红日,

晚踏浪花追夕阳。

苍洱绝美

雨霁山秀浮彩云，

潮落海碧照古城。

风花雪月蝴蝶泉，

人间胜境荡气存。

赞腾冲和顺古镇陷河美

河道弯弯水清清，

绿草合岸柳垂荫。

鱼戏蛙鸣风荷摇，

轻舟缓荡鸟不惊。

赞大理古城之喜洲古镇

上苍赐名喜之洲，

依山傍水尽眼收。

白墙青瓦民俗村，

宜居颐养天地柔。

古镇历史源远长，

文物遗迹丰而厚。

店铺林立宾客涌，

商贾云集天道酬。

古朴街市追时尚，

风情浪漫抖音搜。

典雅林苑话传奇，

慢步观赏兴悠悠。

《五朵金花》原创地，

经典影片山歌奏。

《蝴蝶泉边》爱倾诉，

阿哥阿妹终牵手。

田野夕照花车客，

村墅夜色静幽幽。

苍山守望千秋业，

洱海润泽万锦绣。

赞大理古城之双廊古镇

苍山脚下洱海东,

水墨古镇千渔村。

民宅巧筑错落致,

瓦房独特妙趣生。

石街起伏人如织,

深巷纵横成迷宫。

旺铺红火客扎堆,

门牌醒目彩缤纷。

满城鲜花饼热卖,

有风地方香气熏。

商铺艺品精工造,

琳琅满目种类丰。

乘船寻迹孔雀屏,

湖光山色夕阳红。

凭栏赏月有诗吟,

举杯畅饮借海风。

昆明老街

老街旧巷历沧桑，

肆铺栉比满目商。

绝活非遗深不测，

人间美食远名扬。

滇池大美

西岭叠翠美滇池，

海埂延绵护春城。

朝夕领略景旖旎，

四季墨画鸥喜人。

游览腾冲和顺古镇有感

天造圣境水墨乡,

青山锁翠白云祥。

人间烟火古村落,

六百年史话沧桑。

粉墙黛瓦筑风韵,

牌坊恢宏和顺昌。

门楼牌匾精雕刻,

楹联绝妙呈和祥。

小河环水造美景,

凉亭洗衣载时光。

古巷深深通百家,

石桥连街达四方。

天井通风亮阳光,

倚窗望野荷风荡。

名贵花树衬宅丽,

翠竹遮阴合院凉。

和天和地和人家,

顺风顺水顺侨乡。

腾冲精华在和顺,

多少故事亦传扬。

观武汉江滩风景随笔

两江交汇,两山相望,铁桥横跨江岸;

水墨青山,花开锦绣,江滩风光无限。

高楼林立,大厦比肩,标塔直插云端;

鹤楼千古,钟灵毓秀,江岸晨夕绚烂。

虹桥并驱，车流如织，客列闪驰而穿；

江面烟波，轮渡往返，货船笛远千帆。

江滩美，江水阔，江城如画人流连。

名楼名桥英雄城，大江大湖大武汉。

夜色垂幕，华灯初放，半空铁龙耀眼；

光柱流丹，激光交错，城廊美轮美奂。

群宇屏彩，琼厦幕幻，鹤楼映红楚天；

丘山流翠，火树银花，明珠光环璀璨。

霓虹街巷，门匾闪烁，人间烟火弥漫；

华灯广场，轻歌曼舞，行道闲步安然。

江滩丽，江水长，江城如诗客无眠。

彩楼彩桥灯光秀，五光十色夜斑斓。

注：

两江指长江、汉江；两山指武汉长江大桥横跨的两座山脉龟山、蛇山。标塔：电视塔，是武汉标志性建筑，又称"标王"。

东湖秋韵

水杉堤秀画中游,

湖光山色托高楼。

岸边长椅半刻憩,

瘦柳风摇竹修修。

碧潭绿亭观鱼跃,

荷塘听雨思悠悠。

行吟阁里忆屈子,

一股廉风润清秋。

注:
东湖:武汉城中湖泊。行吟阁:为纪念屈原,东湖风景区于1955年建造此阁,阁名出于《楚辞·渔父》中"屈原既放,游于江潭,行吟泽畔"。

东湖览胜

磨山毓秀聚东湖，

东湖浩渺映磨山。

荆楚雄风何处往，

拾级天台极目览。

望江城

江城岸阔水无边，

三镇聚合虹桥连。

高厦林立车潮涌，

鹤楼岿然更耀眼。

登黄鹤楼

鹤舞楚天第一楼,

登高览胜尽眼收。

数经毁兴倚水存,

星转斗移几春秋。

故人抒怀留绝唱,

白云千载空悠悠。

今朝三镇起群厦,

气吞两江贯九州。

第六辑

岁月留香

除夕(一)

寒去岁尽借东风,
福到祥兆喜盈门。
除夜家圆拜新年,
富虎啸春贯长空。

除夕(二)

一夜东风除岁寒,
万家灯火聚团圆。
共享家宴欢语笑,
守岁祝福过大年。

除夕(三)

春晚庆歌万家圆,

虎啸除夜新钟伴。

烟花劲爆一岁除,

荧光灯秀万城欢。

除夕（四）

霓虹流光不夜天，

灯幕滚彩福虎添。

九州迎春四海同，

祈福贺岁锦绣年。

除夕（五）

金牛载誉背寒远，

瑞虎盛装上春晚。

央视联欢国有情，

微信拜年福连连。

除夕（六）

除夕之夜闹非凡，

客居他乡独无眠。

思故念亲远天涯，

暖语送福短信传。

除夕（七）

一夜梅放傲双岁，

三更虎啸贯两年。

九州通宵普天庆，

万家达旦满堂圆。

爆竹驱瘟赶旧愁，

举杯共贺寄新愿。

倚窗望夜倍思亲，

迎门接福祈嘉年。

春节（一）

高塔幕彩中国红，

华厦屏映寅虎欢。

烟花怒放开晓色，

爆竹惊燃除岁寒。

莺歌燕舞春撩人，

火树银花夜斑斓。

奥运虎威大国风，

龙腾狮舞中国年。

春节（二）

春风烟柳欲抽芽，

雪梅寒枝暗留香。

灵鹊穿林喜上梢，

幽兰绽庭福满窗。

春节（三）

春色满园鹂哥叫，

喜上庭堂欢语笑。

走亲访友拜新年，

祈望新征春光照。

春节（四）

春回大地瑞气生，

千门万户改旧容。

福满人间启新岁，

惠风作媒喜相逢。

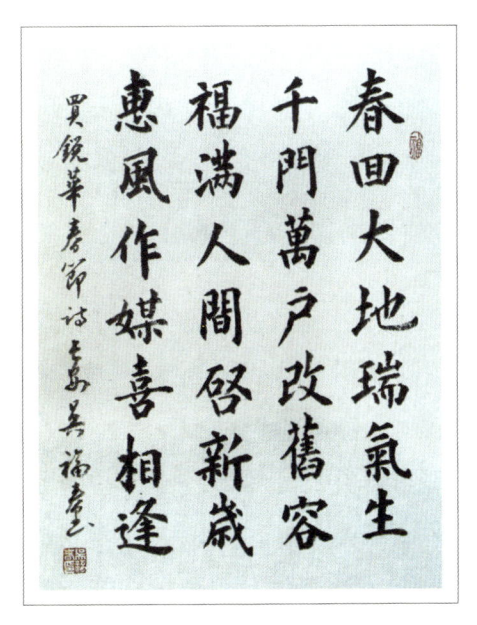

春节（五）

东风动情正当时，
红梅斗艳绽雪枝。
奔牛披彩捷报传，
威虎啸春逢盛世。

春节（六）

水仙淡妆欲沁人，
玉兰清影意羞春。
窗前鸟噪争暖树，
户外行人醉东风。

春节（七）

醒狮腾空唤雨顺，

锦龙跃彩呼风调。

锣鼓喧天助神威，

九州舞动山河娇。

玉兔呈祥

金虎上山啸岭岗，

玉兔下凡呈瑞祥。

千户贴联福临门，

万家结彩春满堂。

元宵节（一）

元夜星灿月如皎，

街市灯辉人似潮。

狮舞商贾财源滚，

龙吟村野风雨调。

焰火流光放异彩，

汤圆共飨尝春早。

盛装社火庆佳节，

醉美良辰闹元宵。

元宵节（二）

焰彩灯红邀婵娟，

龙腾虎跃锣鼓喧。

千门闹春入盛景，

万户贺年喜团圆。

端午节

楚辞千古诗雄壮,

英魂烈魄殉罗江。

敬吊屈子赛龙舟,

天下祈福粽米香。

七夕节

遥望天河星光灿,

牛郎织女有情缘。

鹊桥相会怨秋迟,

匆匆欢遇离别难。

明月天地共

一轮明月天地共,

万颗星辰银河中。

太空游客摘星月,

遥赠人间圆国梦。

中秋节

金风有意送清爽,

明月无声挂满窗。

今夜家圆赏美景,

别忘亲人独居凉。

中秋月圆

素娥情满涵秋露,

爱洒人间沐家圆。

今夜美景赏不尽,

明月难圆万家全。

重阳节

万里霜天九月九,

层林尽染已深秋。

漫步登高叹流年,

时光静美忘忧愁。

○ 第七辑

盛世赞歌

礼赞三八节

三月春风花烂漫，

青春永驻慰红颜。

纤柔身躯寸草心，

母爱慈怀暖人间。

千行女杰放异彩，

百业佳人靓丽线。

自古巾帼英姿飒，

不让须眉追梦圆。

赞美劳动节

（一）

劳动荣光分外耀，

奋斗幸福最崇高。

启航筑梦新征程，

祖国江山多娇娆。

（二）

劳动之歌千古唱，

长城运河高铁长。

国之重器智慧出，

民族复兴众志创。

（三）

双手浇开幸福花，

勤奋劳动人人夸。

英才劳模受尊崇，

青春无悔汗水洒。

赞美青年节

（一）

五四风雷惊天响，

热血青年当自强。

反帝反封反强权，

革命先驱众敬仰。

（二）

五四精神放光芒，

爱国进步大发扬。

民主科学旗帜鲜，

救亡变革青年强。

（三）

青春壮丽美如画，

永不褪色时代跨。

强国有我发誓言，

不负韶华热血洒。

礼赞儿童节

童节花蕾溢芬芳,

小燕轻舞欢歌唱。

今日雏羽渐丰满,

未来振翅远翱翔。

礼赞建党节

红船启航搏风浪，
披荆斩棘树帜向。
革命火种势燎原，
中流砥柱使命当。
矢志不渝砸锁链，
四海翻腾五岳荡。
敢为人先勇探索，
开天辟地启新章。
铁斧银镰旗帜扬，
工农联合斗志昂。
百折不挠铮铮骨，
浴血奋战烈烈魂。
三座大山齐推翻，
人民当家得解放。
党旗辉映新中国，
巨龙苏醒立东方。
一穷二白面貌改，
两弹一星震四方。

改革开放春潮涌，
三个代表明方向。
人民生活富起来，
科学发展引领创。
脱贫攻坚誓庄严，
百年强盛举辉煌。
攻克时艰战疫情，
生命至上世无双。
踏上复兴新征程，
伟大思想放光芒。
理想信念更坚定，
初心使命永不忘。
强国有我正青春，
不负韶华勇担当。
红船精神永不朽，
勇立潮头生命旺。
峥嵘岁月不褪色，
颂歌高唱献给党。

礼赞建军节

（一）

红都南昌第一枪，

武装暴动惊天响。

独立创军闹革命，

工农联合赤帜扬。

开辟红色根据地，

井冈精神放光芒。

古田会议强建军，

支部建在连部上。

（二）

诱敌深入反"围剿"，
"左"倾冒险路茫茫。
遵义会议挽狂澜，
革命转折正方向。
铁血洪流长征路，
史无前例悲烈壮。
红军转战会延安，
革命圣地耀东方。

（三）

全民抗战浴血奋，
铸造军基心向党。
三大战役摧枯朽，
人民翻身得解放。
保家卫国筑长城，
粉碎图谋固边防。
重拳惩腐零容忍，
铁纪治军启新航。

（四）

全面军改划时代，
精减整编换戎装。
五大战区一体化，
新型兵力新亮相。
祖国复兴强军梦，
听党指挥打胜仗。
维和护航展军威，
利器列装未来望。
九十六年光辉史，
红旗漫卷军魂扬。

礼赞教师节

三尺讲台学问传,

两袖清风志向远。

谆谆教诲严师道,

塑造灵魂美心田。

蚕老丝尽终无悔,

红烛相伴青春献。

园丁恩重报桃李,

百年树人感杏坛。

喜上加喜

舞狮闹春喜洋洋,

恰逢立春喜欢节。

五洲宾朋喜贺多,

冬奥开幕喜堪绝。

贺冬奥

冬奥恰逢中国节,

冰雪健儿京城会。

虎啸喝彩创佳绩,

春风得意圆梦归。

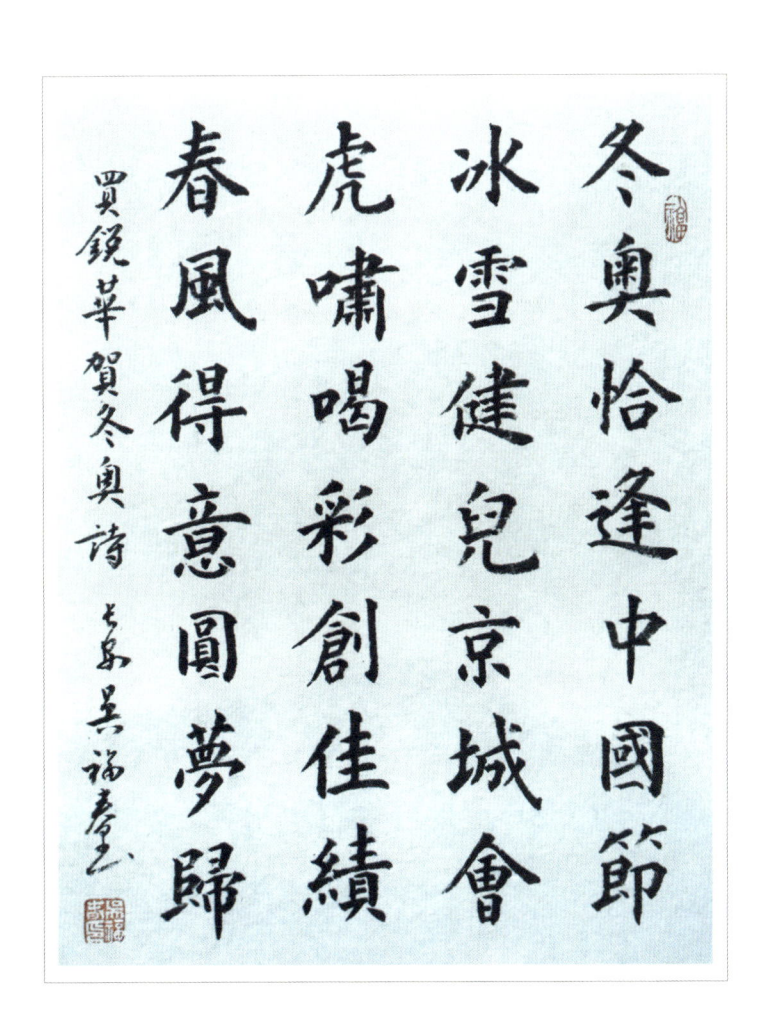

冬奥之约

京畿福地冰雪兆，

世界宾客相约笑。

奥运健儿追梦圆，

精彩纷呈双城耀。

冬奥赞

冬奥圣火燃京冀，

火炬传递亮长城。

文化大餐放异彩，

体坛盛宴尽纷呈。

《诗经》赞

竹简载存风雅颂，

千古传唱三百篇。

文妙句朴词华丽，

典藏美学开诗源。

《楚辞》赞

屈原创作新诗体，

瑰丽佳作时空穿。

寄情爱国展风骨，

浪漫诗韵千古传。

汉赋赞

辞赋先贤四大家,

旷世鸿著扬天下。

盛极两汉四百年,

堪称文苑一奇葩。

唐诗赞

格律严整开风先,

诗客云集星璀璨。

空前绝后三百首,

风靡天下诗峰攀。

宋词赞

婉约风韵豪放派,

儒客纵情词为怀。

与诗斗艳堪双绝,

惊世大作唱不衰。

元曲赞

诗词遗风裁新体,

杂剧散曲双璧合。

锦句妙生绝佳戏,

冠美古今不朽作。

东方之珠
——庆祝香港回归二十五周年

东方之珠誉全球，

不夜港湾壮志酬。

血脉相连同呼吸，

祖国强盛港锦绣。

赞解放军军演

台独跪舔美官婆，

一时骄狂耍幺娥。

无视警告兴风浪，

惹我军演射怒火。

陆海空箭齐发力，

精准靶域岛封锁。

谁敢践踏一中线，

定叫魑魅吞苦果。

七七事变祭

七七事变狼烟滚,

倭寇侵华病狂疯。

犯我卢桥醒狮啸,

誓死抵御壮士愤。

民族救亡抗日急,

统一战线筑长城。

浴血抗战同敌忾,

还我河山正义胜。

勿忘国耻铭历史,

强我中华踏新程。

紫荆花

五星红旗高高扬，

映照紫荆溢芬芳。

经风历雨廿五载，

永驻港湾放光芒。

粤港澳大湾区

一道长虹跨大湾，

三地互通谋发展。

两制共耀创先河，

扬帆启航天地宽。

贺两会

辛丑岁末，天清气朗。

望贺兰雄峰，势冲霄上。

元春将至，日丽云祥。

观黄河壮景，流凌激荡。

凤鸣湖城，群英满堂。

回眸过去，山川两旺。

凝心聚力，建言献策商大计。

满载众望，忠勤立誓豪言壮。

牛奔塞上，奋蹄自强。

牢记嘱托，不忘双创。

改善生态，示范先行铸辉煌。

聚焦发展，蓝图绘就奏新章。

礼赞黄河生态

长河堤坝景观道，
阔林绿廊高铁绕。
两岸沃野纵横灌，
碧浪流霞夕阳照。
湖泊苇荡渔歌晚，
蓝天云锦银雁早。
荒漠蓄雨增秀色，
滩头鹤立千祥兆。
闽宁史诗山海情，
东麓酒庄酿紫葡。
凤鸣湖城星光灿，
鸟啼乡村添新貌。

引黄扬水浇秀色，
裁出新绿固沙牢。
光伏风能星棋布，
西电东输铁塔高。
产业兴旺新特优，
煤化节能达环保。
生态先行示范区，
高质发展领航标。
民族团结幸福路，
守望塞上花繁茂。
天然屏障锁风寒，
贺兰风光无限好。

中国之诺

擘画冬奥中国诺，

六年倾力设施落。

三亿人起冰雪舞，

惊艳世界荣耀夺。

香江梦圆

香江月圆回归梦，

激荡港湾促繁荣。

家国情怀共命运，

源远流淌中国魂。

礼赞二十大

金秋神州党旗扬,

十月京城放光芒。

举国欢庆二十大,

全球聚焦瞩盛况。

群英集智擘蓝图,

核心掌舵把方向。

百年复兴梦正圆,

千秋伟业再启航。

题《千里江山图》

山峦叠嶂披锦绣,

江舟远影天际流。

深壑幽翠瀑布落,

亭桥路转仙客游。

第八辑

且看云起

雾

冷热冲撞轻纱漫,

若隐若现如梦幻。

烟雾缭绕入仙境,

遥望苍黛水云间。

雷 雨

午后乌云压城暗，

隆隆雷鸣闪天明。

疾风卷树鸟惊宿，

阵雨绝尘晚凉清。

雷

乌云撞击轰巨响，

一道电闪天地亮。

顷刻暴雨铺天泻，

煞是骇人马惊狂。

霜

夜寒月冷凝琼屑，

晨望原野白苍苍。

春苗秋果皆沾露，

霜剑怎奈花枝香。

雨

淅淅沥沥噼啪声，

柔柔绵绵伴和风。

浇洒希望倾心语，

一帘诗意诵滋润。

风

有声有力有标向，

无形无色无模样。

四季使者吹寒暖，

来去匆匆拂万象。

三伏天

三伏日蒸夜梦幽，

逼人燥闷厌绪愁。

不历酷暑难惜春，

气清风凉欲三秋。

云

弥漫长空遮日月，

宛如浮海形切切。

瞬息万状溢彩霞，

阴沉变幻飘雨雪。

山 洪

山鹰劲翱掠长空，

森林呼啸起雄风。

霎时雷轰暴雨倾，

泥流挟石狂野冲。

雪

琼花漫天白如练,

寒英盖地银色染。

红梅绽妍迎春笑,

瑞雪皑皑兆丰年。

○ 第九辑

国粹流芳

剪　纸

妙剪祖国山河壮，

巧裁神州百花香。

青山绿水窗花展，

美好家园非遗扬。

刺　绣

苏湘粤蜀领风骚，

民间织女工艺妙。

金丝彩线针情锁，

锦绣名媛靡旗袍。

弦 琴

天地有情万物灵,

高山流水觅知音。

人间多少天籁曲,

千古绝奏付弦琴。

书 韵

洗砚泼墨自潇洒,

行云酣畅攀高雅。

挥毫尺幅抒情怀,

五体书韵绽奇葩。

京 剧

皮黄声腔脸谱变,

念唱做打功精湛。

生旦净丑栩栩生,

京剧国粹梨园灿。

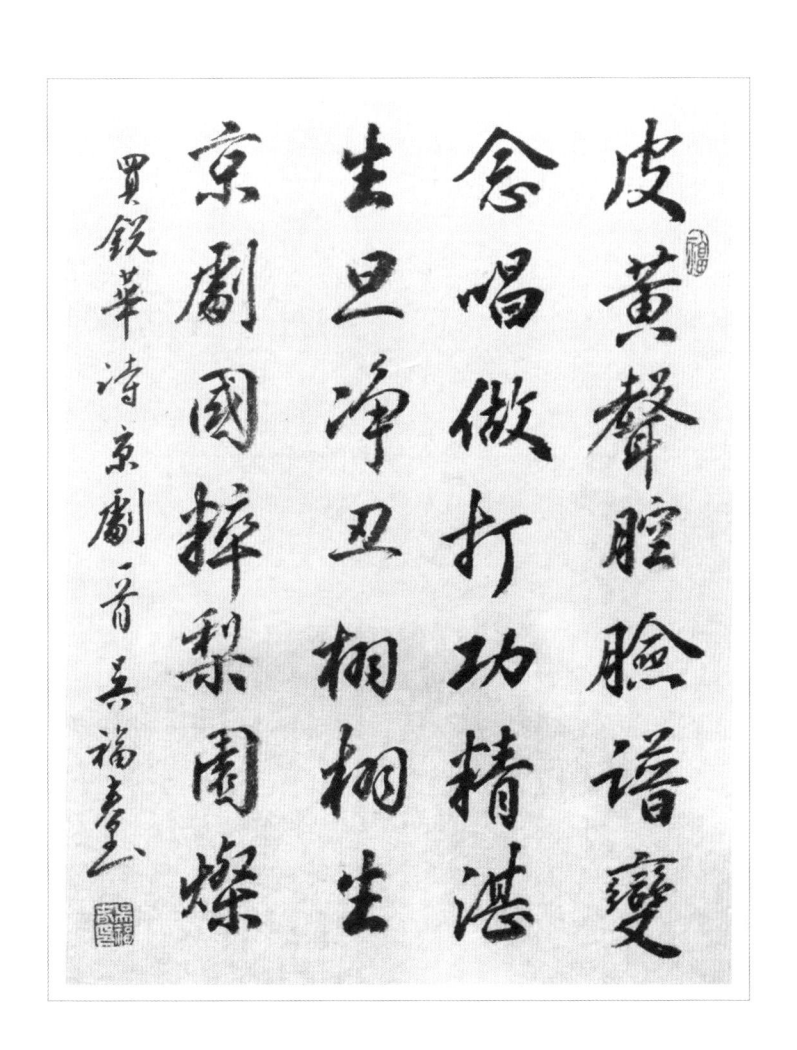

围 棋

方格迷局静对弈，

运筹帷幄出绝技。

黑白落子步步惊，

纵横千里话传奇。

赏析：

棋如人生，这首诗写围棋，意在表现人生。前两句写对弈的场景，描绘的是静态的画面，对弈者静如山岳，但静中显动，方寸之间，山高水长跃然纸上，仿佛千里山河，金戈铁马，狼烟四起。后两句从动态入手，却是动中有静，对弈者执子深思，因怕一招不慎，满盘皆输，所以面临落子的重要关头，不知如何取舍，迟迟不肯决断。最后一句宕开一笔，不写对弈者究竟如何落子，转向对围棋的评价，如异军突起，气势恢宏，格调豪迈，生动形象地体现出对弈者运筹帷幄、决胜千里之外的英雄气概，使读者情不自禁有万丈豪情冲云霄之感。总体来说，本诗既写出了围棋所含的文化魅力，也凝聚着诗人关于人生的经验与感悟。（读者：曹国昌）

中 医

切脉探病问望闻,

针灸推拿妙手春。

草药对症阴阳调,

中医辨证古今崇。

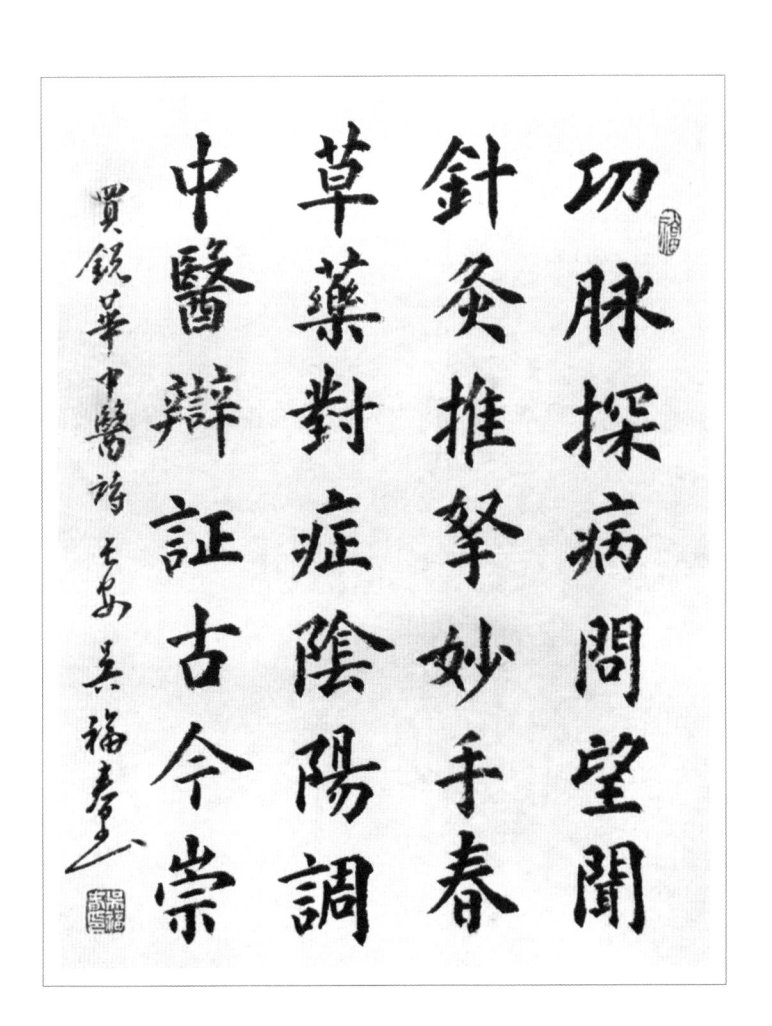

风　筝

桃杏深酣春光美，

童趣娱嬉竹马追。

仰望晴空一线牵，

纸鸢乘风放梦飞。

清　茶

上苍馈赠饮品茗，

鲜叶嫩芽味清醇。

真水无香悟真谛，

苦尽甘来慰心灵。

武 术

中华武术博大精，

门派争雄起风云。

神功盖世英雄气，

无数忠烈悲壮行。

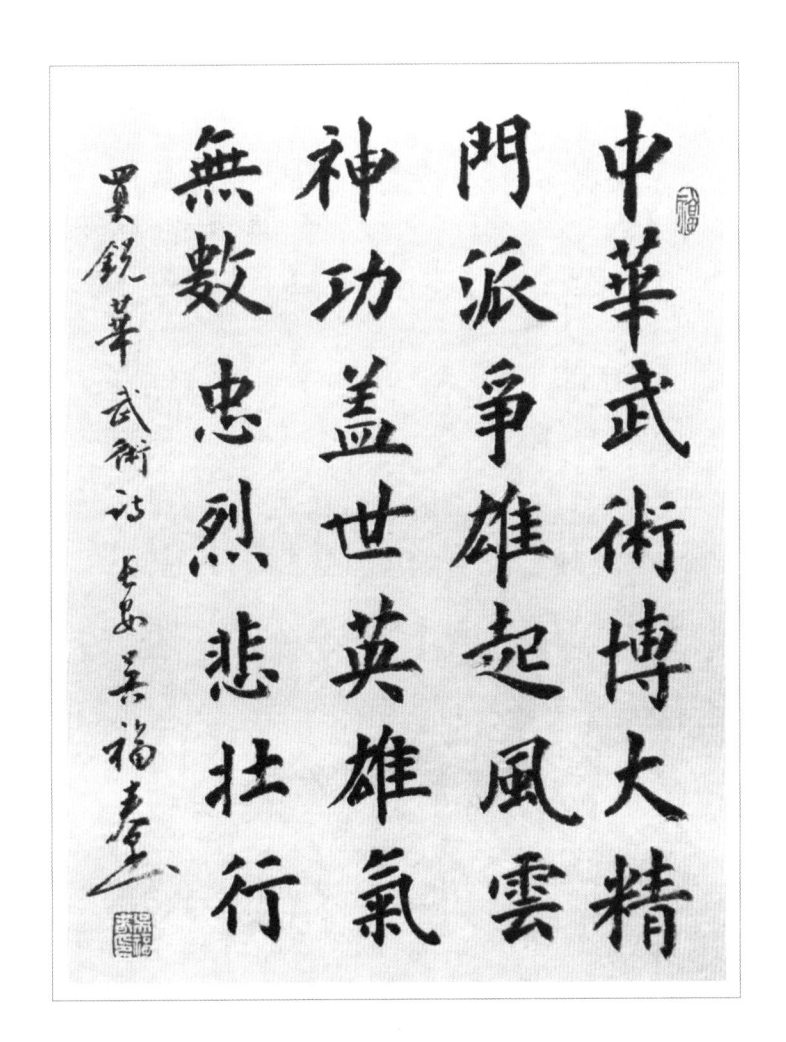

绘 画

山水写意着墨绘,

花鸟人物细入微。

楼台亭阁妙笔生,

万象气韵骨精髓。

瓷　器

瓷器历数千年长，

水墨青花流芬芳。

名窑彩釉驰中外，

高雅精品成典藏。

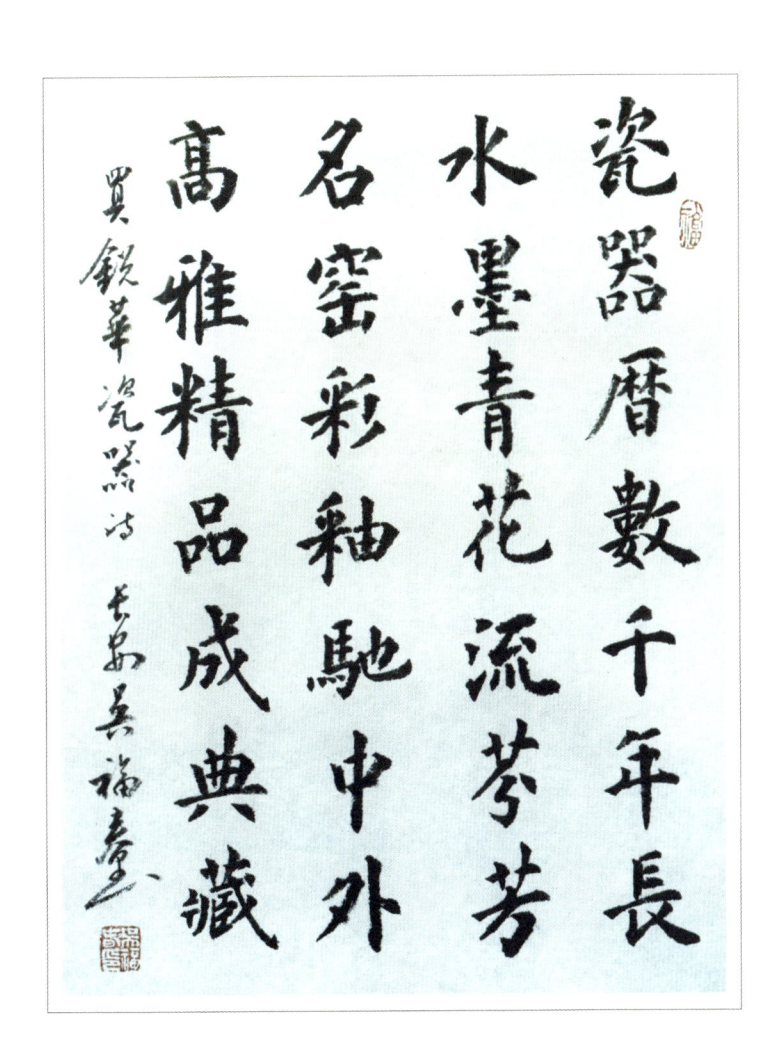

白族扎染

苍洱白族巾帼传，

技艺绝伦数扎染。

千样图纹千情趣，

形色完美梦之蓝。

○

第十辑

时光清浅

儿 童

天真无邪言无忌，

两小竹马捉藏迷。

顽皮稚气赖可爱，

满眼问号总好奇。

夏日童趣（一）

雏燕出巢童追乐，

彩蝶沾花小手捉。

天真烂漫无忧虑，

而今鬓白烦事多。

赏析：

《夏日童趣》一诗，稚子之乐，中年之愁，尽在字里行间。前三句与后一句词断而意连，为此诗之妙处。（读者：李芸）

夏日童趣（二）

翻墙猫身摘青杏，

衣塞裤带腰鼓果。

看园老翁一声喊，

蒙童慌忙逃身乐。

夏日童趣（三）

牧童放驴芦草滩，

水沟摸鱼裤腿卷。

半箩鲜活浑身泥，

黄昏雨骤急扬鞭。

夏日童趣（四）

烈日似火渠水凉，

狗刨玩水扎猛呛。

沙田光屁滚身泥，

童子贪玩丢衣裳。

秋　悟

时光无阻已是秋，

岁月似水静悠悠。

人生不过几十年，

珍惜当下别将就。

秋彩诗意

秋风轻柔舞神笔，

绘彩着色写诗意。

山川静美人安好，

往事不追犹可期。

赠振海老师

鬓发改霜挂日月,

匠心著书话灵州。

文坛育英三千圃,

深恩报答写春秋。

赠玉田老师

恩公八十仍健迈,

谈笑儒雅今犹在。

数学天地桃李艳,

培花不过三尺台。

祝賀買鏡華新詩集付梓
年年歲歲柿柿紅 壬寅張寅湲

赠友人怀君

躬身勤勉傲风霜,

智勇兼具人直仗。

魄力非凡斫荆棘,

笔墨人生煮沧桑。

赠寅强老师

意蕴乾坤笔如神,

气吞山河墨舞凤。

尺幅千里堪自然,

书画双收德艺丰。

赠福春教授

（一）

才高艺精品行端，

饱饮池墨卧长安。

挥毫酣畅见笔韵，

福慧双修誉人间。

（二）

宣笺挥洒似茶醑，

砚边耕耘翰墨香。

长安朔方皆识公，

博学儒雅美名扬。

功名利祿知足樂

莫覽閒話心靜安

后记

　　光阴似箭，岁月如歌，不觉已到花甲之年。校完第三本诗稿之际，我伏案沉思，心中无限感慨。我深知，一切都不可辜负，所以每一个字，每一首诗都倾注了我的思想和情感，爱憎与忧愁。最深的感受，就是从没如此亲近过自然和生命。毫不夸张地说，这本诗集，是我以诗歌与自然和生命亲密对话的成果。

　　值得一提的是，这是我退休后的诗作。没有事务缠身，我终于有了足够的时间，可以专心致志地审视自然与生命。我用心捕捉感悟到的吉光片羽，获得了全新的感受。蛰伏在内心深处的诗情，迅速被点燃，如大河澎湃，一发不可收。从写第一个字，第一首诗开始，我没想到它能很快成为一本厚厚的集子，并且以这样的形式，逐渐获得了属于我的语调、节奏和说话方式。我自己都感到惊讶，同时也感到欣慰，光阴总算没有虚度。

　　诗意于思。我毫不掩饰对自然和生命的热爱，自然界的山水风景、田园乡土、花鸟虫鱼，是我们欢乐和智慧的源泉。在贺兰山麓，蓝天晴空，白雪辉映，松涛阵阵，在攀爬的途中，不时有岩羊突然出现，与我对视。在黄河岸边，朔风猎猎，落日余晖，芦苇荡荡，我长久伫立，看着冰凌泛着白光，展现凝固的奔腾，迎着疾风劲草等待立春。在北塔湖畔，湖面如镜，鸥鹭翔集，晚风习习，我静听钟声悠远，伫望霞光万丈。这一切，引发了我对自然和生命的庄严思考，我都在诗中用心描述。

诗彩于炼。刘勰在《文心雕龙》中说"善为文者，富于万篇，贫于一字"，意为万篇易得，但对于一个字词的推敲，却要穷尽精力。唐代诗人贾岛的"二句三年得，一吟双泪流"就淋漓尽致地道出了这一点。在我国古典诗歌中，陶潜"悠然见南山"的"见"字，王安石"春风又绿江南岸"的"绿"字，张先"云破月来花弄影"的"弄"字，白居易"雁点青天字一行"的"点"字等等，这样的例子比比皆是，其中所蕴含诗人的独特感受，描绘着诗句的独到意境，皆状难写之景，如在目前，不尽之意，见于言外。在我看来，诗是诗人有效浓缩自己的生活经验并抓住瞬间感受，用语言来表现对自然和生命的哲思，所以语言的凝练浓缩显得至关重要。在创作过程中，为了找到最好的词或者最佳的一个字，我常常冥思苦想，反复推敲，千方百计把它放到合适的位置上，力求做到"百炼为字，千炼为句，精思苦吟，勤学多改"，准确表情达意。

诗韵于品。这部诗集，是我个人对自然山水，花鸟树木的礼赞，应该是发自内心的雅意悠然，表达个人热爱大自然，热爱美好生活的任性率真、自然悠闲。正因为有万物生长，万象纷繁，四季轮换，才能给人类以美的视觉，美的感受，美的诠释，美的趣味，美的闲情逸致。希望通过这些诗歌，能激发读者走出户外，拥抱大自然，减轻工作生活压力，抛弃忧愁烦恼，陶冶情操，以达到身心健康之目的。同时诗中还传递出一些生活常识，比如二十四节气诗，描写节气常识，一些花鸟树木的诗,描述对某种花或鸟所特有的习性知识的认知和感悟。

诗感于发。在这本诗集中,我写了几首怀念父母的诗作。我的父母对我的影响很深,在露珠闪烁、晨光熹微的清晨,在红霞苍穹、雀啼蝉鸣的黄昏,我依然怀念着他们。每当回忆他们生前的一言一行、一点一滴,我会情不自禁地融入当时的岁月境地,永存于脑海深处的记忆便浮现在眼前。他们勤劳、善良、慈祥的面容常常闪现在眼帘中,禁不住让人有泪如倾,扑簌簌滴落在纸笺。刘勰说:"人禀七情,应物斯感,感物吟志,莫非自然"。感怀是一触能激发的,在写作时,我不由自主敞开了感情的闸门,每每成句都是任感情的潮水尽情宣泄和流淌。

在夏日的某个午后,我坐在老家的小院,最终完成了校稿。燕子在屋檐下呢喃,鸽子三三两两从小院上空掠过,一只蝴蝶扑打着翅膀,小狗晃动着尾巴,小鸡在院中自由漫步,胖胖的黄瓜,圆圆的茄子,红红的番茄爬满支架。这些美妙的瞬间,给我带来了无尽的感动和启发。校订完诗稿,不觉已是夕阳西下,此时,清风拂面,红霞满天。

诗集能够出版,感谢我的恩师刘振海先生,在我写作过程中,他虽年逾古稀,但仍不吝教诲,耳提面命的情形历历在目。感谢中国知名作家、诗人、书画家、音乐词人,原北京市文联七届驻会副主席、原北京市门头沟区委副书记黎晶先生的赏析与缪赞,我们在北京门头沟有一段共事的愉快经历,他一直给予我关注和鼓励,深情厚谊令人难忘。感谢陕西省书法家协会副主席吴福春教授、中国书法家协会常务理事张寅强先生,他们十分关注我的创作情况并为我的诗歌泼墨挥毫。感谢我的文友宁夏作家协会作家段怀君先生为我的诗集作序。感谢我的高中同学张延红为我的诗集出版所做的努力。感谢宁夏画报社总编辑惠冰先生，有了他专业的指导，诗集才得以顺利出版。感谢詹安稳先生、周林春先生提供的精美摄影作品，为本诗集增光添彩。感谢读者杨风银、秦钰、牟彩过、李芸对部分诗歌的赏析。感谢我的同事曹国昌为我诗集出版中的诗歌收集、整理、校对所付出的辛劳，特别是国昌以读者的身份对我部分诗歌的赏析。感谢我的家人，他们给予我默默的支持和一路陪伴，让我能够心无旁骛做喜欢的事。另外，感谢所有帮助支持我的亲朋好友，他们给了我温暖和信心，恕不在此一一提及。当然，特别要感谢的还是阅读诗集的读者，你们是我创作的精神支柱，使我有了继续前行的勇气和力量。

现在，诗集即将付梓面世，我内心既激动，又紧张不安，就像托付生命中最珍贵的东西一般，我把它托付给读者。诗无达诂，学无常师。由于自己对诗歌写作只是业余爱好，且文学修养有限，文字功力不够，诗集中难免有一些虚妄错漏之处，敬请读者宽容与谅解，并期望不吝赐教。